Ludwig Weibel
Quintessenz des Einen, das Ich Bin
Trikolore der Beschaulichkeit

Books on Demand

Bibliographische Information der Deutschen Nationalbibliothek. Die Deutsche Nationalbibliothek verzeichnet diese Publikation in der deutschen Nationalbibliographie, detaillierte bibliographische Daten sind im Internet über http://dnb.dnb.de abrufbar.

© 2015 Autor: Ludwig Weibel
Herstellung und Verlag:
BoD – Books on Demand, Norderstedt
ISBN 9783738626063

Ludwig Weibel

Quintessenz des Einen, das Ich Bin

Inhalt

Meines Seins Philosophie
5

Hinab von Meiner Hügel Fliessen
31

Gefilde namenloser Stille
59

Öffentlich und punktgenau
79

Sein und Seligsein
101

Ich helfe dem, der von Mir Hilfe sich erfleht
125

Kennst du das Sein?
151

1
Meines Seins Philosophie

1.1

Ich Bin Es ganz zuvörderst ebenso wie ganz zuletzt, muss Ich Mir füglich sagen lassen von Mir selbst, in Meiner Seins-Philosophie. So erweist sich als gegeben, dass Ich alles Bin, was in Erscheinung tritt und was in immer lichteren Hintergründen sich im Geistigen verliert, bis man es mit dem Sachverstand der tonangebenden Philister eben nicht mehr finden kann.

So geschieht's, dass Ich Mich nur in den verständigsten und reinsten Seelen noch erkenne wie in einem Spiegel, der Mein Sein getreulich reflektiert und Mich Mir selber zeigt, so wie Ich Bin und wie Ich sein will in der wunderbar gediegenen Allherrlichkeit der Sphären.

Läuterung und Liebe, Hochgemuthheit und Entzücken an der Welt der Dinge sind vonnöten, um das Wesentliche einzusehn, das Ich in evolutionenlangen Geistestrieben wachsen und gedeihen liess als Ausbund Meiner Weisheit, Meines Reichtums an Ideen und des unerschütterlichen Vorwärtsdrängens meisterlich zu einem grandiosen Ziel.

Mein Sein ist Wachheit, Allbewusstheit, Weben an der Trikolore der Beschaulichkeit und seliges Gewinnen neuer Einsicht in den Tiefen Meines eigenen Geheimens nach dem Mass der waltenden Bescheidenheit, die Ich Mir auferlege.

Konziliant und gütig, wirkungsvoll, wahrhaftig und dem Sein erlesen, lass Ich Mein Weistum unablässig in die Weiten strömen. Ich steh auf beiden Seiten, einen Blicks und einen Gegenwärtigseins und Sinnens inne in der Seinsgewissheit, die Ich Mir errungen habe. Wachsam hüte Ich die Fülle dessen, was Ich vor Mir, in Mir und im Wesen Meiner Mitte seh als Quintessenz des Einen, das Ich Bin, das Mir aüberall begegnet und Mich auf's Entschiedendste und Feierlichste ehrt.

1.2

Ohnehin Bin Ich das Wesen reiner Grossmut, reiner Stärke, Ungebundenheit und Grazie des Handelns nach Gesetzen, die als lichte Anker in der Unermesslichkeit der Strahlensterne stehn.

Was Meine Boten keck und ungeniert von sich und Mir behaupten, ist gar fein gesponnene Wahrhaftigkeit, die niemals überboten werden kann in schlichten Treuen, als in einer Offenheit von unaussprechlich reiner, wissender Natur.

Ich nannte nie zuvor mit soviel sichtlichem Vergnügen Meines Namens eigenwillige Daseinsblüte im Ich Bin, die in ihrem Wesen nie verwelken kann und voller Weisheit immerzu den ewigen Augenblick bezeichnet, den es gilt zu leben und verwirklichen im selben Zuge.

Es wogen dir die Sanftmut, Innigkeit und Klarheit Meiner Züge seelenvoll entgegen und bedeuten dir des Seins erhebendes Geflüster, wie des All-Sinns reich befrachtete Bravour.

Allüberall Bin Ich das Wesen, wie das Sein der Dinge, die in Mir den Ursprung, das Arom der Wirklichkeit und die gesetzte Unverbrüchlichkeit zur Offenbarung bringen. In Meinem eignen Elemente Bin Ich aller Wohlfahrt Seinsbewusstheit, Schöpferkraft und Stärke einiger Patron. Mir obliegt es, der Wahrhaftigkeit, dem tugendhaften Handeln und der Seelenkraft in geisterfüllter Weise Geltung zu verschaffen, Achtung und Gehör. Es mehren sich die Zeichen, dass nur die das wahre Menschentum vertreten, denen Bruderschaft mit allen Wesen, Reinheit der Gedanken und Vertrauen von der Stirne glänzt, wie Adel des Gefühls, Feinsinnigkeit und zartes Mit-dem-Götterweltlauf-in-die-Weiten gehn.

Dies ist der Bericht und die Gesinnung Meiner Lage und bedeutet allen Seinsverständigen und

Redlichen so viel, dass sie sich voll Ehrfurcht an ihn halten und weder die Geschwätzigkeit der Tage, noch die waltende Zerstreutheit sie vom Sieglauf, den sie eingeschlagen, drängen kann. Ich warne und ein Leuchten der Begeisterung loht auf in ihren Augen am gemeinsam im All überall vollbrachten Werk der Einheit allen Seinsgebarens und der Freude über jegliches Gelingen, das ihm seit Äonen innewohnt in allen Breitengraden.

Ich befehle nie, doch lass Ich fein und zärtlich Meine Segensströme durch den Äther fliessen, die voll Wirkkraft und Bewusstheit sind im ewigen Beginnen und Vollenden, unaufhörlichen Besinnen, wie im Wonnesein, in dem Ich Mich seit eh und je erhalte hell und sonnenklar.

1.3
Was ist die Geistwelt anderes, als ein immenser Denkraum, in dem wir alle als Gedachte uns befinden. Das was wir wirklich nennen, ist nichts anderes als die Essenz des Denkens grosser Geister und somit der Ausdruck eines ungeheuren Kräftespiels, an das sie liebvoll sich vergeben.

Also gibt's in unsrer sogenannten Wirklichkeit gar nichts, an das wir uns so richtig halten können. Das so fest gefügt Erscheinende ist dauernd am Verbröseln, was vor entzückten Augen aufblüht - welkt und stirbt im Handumdrehn und was als holde Leiblichkeit sich präsentiert, muss alleweil Verwesung und Verkümmerung erleiden.

Das Gedachte hat kein eignes Sein und muss, sowie sich ihm die Wirkkraft der Gedanken regelrecht entzieht, ins Nichts zerfallen. Was bleibt von einem Wesen, wenn es so verging? Das Seelenhafte als ein Geisteshauch, der sich allmählich ausdehnt in die Sphären und zur Einigkeit verschmilzt mit dem, was Ich Mir Bin, als seine allerhobne Majestät, als Denker, Fühler, Woller im Bewusstsein Meiner Kräfte und Gediegenheiten.

So findet alles, was sich einmal als sich selbst gehörig wähnte, in Mir seine letzte Ruh solange, bis Ich es von neuem individualisiere und ihm alles, was es sich errang an Gutem wie an Miesem wieder mit auf seinen Weg ins Zeitliche vergebe. Nichts geht Mir und dir verloren in dem unermessenen Gedankenspiel, das Ich seit eh und je in Mir betreibe und das dich einschliesst, adelt und erhebt, bis du dich selber Meines Waltens inne wirst in ihm. Dann aber ist es makellos dem Sein verwoben, nicht von ihm zu unterscheiden und vollkommen in sein Wonnesein gefügt, das aller Dinge Anfang ist und Ende aller Zeiten, allen Lebens Odem, Licht und Flor und aller Seinsgewissheit liebeströmendes Umfangen.

1.4

Den Weltlauf zu befehlen, ström Ich an jedem Schöpfungstage von Mir aus und Bin der eigenen Gesetze Staatserfüller auch in den Menschenregionen. Auch wenn der Morgen sich als wohlgelungen und gekonnt erweist, lässt sich doch erst am Abend des Äons das Resultat der Seinsgewissenhaftigkeit erschauen, die von ganz oben bis ins allerletzte, karge Tal sich leis und zart verströmte, um das Ideale ganz in Meinem Sinn voranzutreiben.

An Weisem freut sich das Gerechtsein an Mir selbst, an schlecht Verwaltetem setzt sich Betrübnis an, die neue, stärkere Kräfte fordert, um des Werks Gelingen trotzdem zu erreichen.

Gänzlich Widerstrebendes lässt sich im Evolutionenringen in sich selber stehn und dient dem Fortschritt Meiner Güte als Podest und Basis in der Kunst des All-Verwertens Meiner Güter.

So leg Ich Mich mit nichts und niemand an und überlasse jedem akkurat den Platz in seinem Sein, an den er sich aus eignem Antrieb hinbegeben.

Wachsam Bin Ich trotzdem und verwende und verwerte alles, was gelungen, wie gescheitert ist, um schlussendlich mehr zu sein in der Arena Meiner Seins-Ambitionen.

Denn über allem Zeitgeschehn Bin Ich das ewig waltende Prinzip der Fülle, das lächelnd, rein und hocherhaben als Idol und Kunstwerk seiner selbst besteht, um Wohlklang, Faszination und Liebestrautheit in Mir auszulösen. So erfüllt sich schicklich und galant und zur Bewunderung freigegeben ein Gedankengang von höchster Klugheit nach dem anderen und ziert das All in unerhört gesetzten Dimensionen.

Jeder Richtwert fördert, jede Panne hebt und jedes Lächeln schafft Vereinigung der Geister im Allwissen Meiner Gegenwart, wie im Empfinden eines immerwährenden Glückseligseins, das Meiner Inbrunst Stärke ist und Meines Inneseins holdseliges Erlaben.

1.5
Mein Erfahren ist des Lebens Wunderwerk voll Gnaden, als in Mir geschaffen, allgemein verbreitet, tatenfroh verteidigt und mit dem Siegel der Unsterblichkeit versehn. Es blüht und duftet Mir allüberall in froher Gläubigkeit entgegen, gehätschelt und genährt von der profunden Überzeugung, dass ihm aller Weltenschutz und Segen, Beistand und Behüten und gewiss das seins-natürliche Erwachen in sich selbst geradewegs und sicher zusteht im allgeduldigen Zeitäon.

Auf Mich gemünzt, will Ich betonen, dass von des Lebens Sein und strahlender Integrität allmählich alles abfällt, was es daran hindern will, sich selbst zu sein und sich als allerschönste Blüte des Empfindens, das „Ich Bin" in Reinheit, Überzeugtheit, Todesmut und Strahlkraft zuzulegen.

So offenbart sich denn, was Ich Mir Bin, in allen Ichen der Geschichte eines Menschentums von Meinen Gnaden und Errungenschaften, Meines liebevollen Anstands und der Traulichkeit, mit der Ich Mich in ihm bewege.

Unverkennbar ist, dass Ich Mich in jeder Seele seins-bewusst und lebensmutig, tief beglückt vom Dasein dankbar machen will für das Empfangene, das silberhell in ihm erblühte.

Mangel an Bewusstsein ist, was separiert. Machtvoll eingebürgertes und jäh entflammtes Überzeugen ist, was in der Einheit allen Seins sich findet und erkennt und danach handelt, ohne wenn und aber, in der Unermesslichkeit der Geistessphären.

Unbeschreiblich ist hier die Potenz des Guten an sich selbst, die sich in Selbstverständlichkeit entfaltet und Geschwisterschaft begründet von der allerfeinsten und umfassendsten, der zartesten und liebevollsten und beseeligendsten Art, die man sich denken kann im Zeit-Erfahren.

Ist die Sinnkraft in die Sphären des Elysiums gestiegen, leuchtet jedes Wesens Mitte auf in einer Herzlichkeit von sonnengleichem Sich-Verströmen und von aberglücklichem Sich-selbst-Erkennen, als des Seins Geheimnis und Bewahren, wie des Allgewissens überragendes Gehör im absoluten Heil und Heiligsein, das sich als Quintessenz und Resonanz mit dem Unendlichen für es ergeben.

So flutet das Ich Bin in allen Seinsgewissensgraden unselig oder wonnestrahlend durch das All dahin und bereitet sich das Fest der Evolution aus

Nichts ins Alles, aus Bedürftigkeit ins allerfüllende Verstrahlen und Verschwenden seiner Liebeskraft und seiner Tugendstärke, seiner Grazie des Empfindens und der Schönheit der Gedanken, die in linder Kostbarkeit aus seiner Überlegenheit erblühn.

Genug, es fällt der Tau des innigen Beglückens immerzu auf alle, die bewusst sind, seine Trefflichkeit zu sehn. Ich singe und wer hinhört mag den Silberklang des Ewigen vernehmen im geschärften Seelenohr, wie in der Unbeschwertheit kosmischen Erinnerns, die sein Teil ist als von Mir gegeben und geführt, gerundet und gesundet und vom Born der strahlenden All-Weisheit aufs Entschiedendste genährt.

1.6

Gülden Gold, eine Philosophie der Hoffnung und der Märchenhaftigkeit, die von dem Menschen spricht als einem Wesen, das Vergangenheit und Zukunft hat ins Unermessliche gezogen. Es erweist sich als gegeben und gespürt, dass allen Daseins Widersprüchlichkeit mit dem Erreichen einer höheren Bewusstseinsstufe aufhört das Gewissen zu bedrängen, worauf sich in der Seele grosser Friede und beseligende Harmonie verbreiten.

Was Ich Mir Bin, lässt alle Dinge der Verstrickung gütlich los und atmet sich bewusst in einen Zustand der Glückseligkeit hinein, der alles Sinnen und Beginnen überstrahlt mit reinem Lichte reinen Seins, das unvergänglich ist und fähig, seine Würde und Erhabenheit auf immer zu bewahren.

Will Mir einer kommen und das Gegenteil von dem, was Ich Mir Bin, beweisen wollen, wird er niemals reüssieren, weil Mein Eigenes nur Mir bekannt ist und gehört und damit als die feste Burg bezeichnet werden kann, in der sich unbeschwert und seelensicher leben lässt in wunderbar ereignisvollen Zügen.

Agieren und hofieren, laborieren und sinnieren, liegt weit unter Mir als wie in einen dicht gefügten Nebel eingezogen. Hier aber herrschen Frohgemutheit, Zuversicht und Heilkraft gleichermassen, wie das Wissen um die Unvergänglichkeit der Wesen und Gesetzlichkeiten, die der Tugendhaftigkeit verpflichtet und verschworen sind in allen Daseinssituationen.

Alles Edle, Blütenreiche, Artige, Beschauliche und Graziöse fasst sich Mir in ein beglückend wonnevolles Seinsgefühl zusammen, das Mir aus Himmelsweiten zukommt und bewirkt, dass sich Mein Seinsgewissen wieder in Unendlichkeiten auflöst und ergibt, in denen es des Freiseins Wohllaut und des Seligseins bezauberndes Geflüster in sich wahrnimmt wunderbar.

Wohl dem, der solches darf erfahren. Wohl der Geschichte für all jene, die in solchem Anstand stehn. Sie blühen auf und kehren heim zum Ursprung wieder, wo sie das Ich Bin und aller Einheit Seim erleben, wo das Gottselige sie liebevoll umfängt und Trautheit mit dem Ewigen beginnt zu strömen.

Das ist nun allen Reichtums Wehn und Wesen, der Geschicklichkeit Erfüllung und Idol, wie des Beschauens lächelndes Verklären.

1.7
Götterherz und Götterschmerz ob all den Vielen, die Meiner Herrlichkeit Gewissen noch nicht sehn. Noch mag Ich vor dem Volke Geistespurzelbäume schlagen aller Art, es wird geschlafen und gezecht, Gewinn verbucht und Wachstum produziert in

grandiosen Mengen, ohne dass die Menge will den Aufruf Meines Wetterleuchtens vor sich sehn. Was ist die Mahnung? Seinsgerecht und seriös, aufgeweckt und lebensklug zu sein, selbst wenn Mein Rufen in der Welt verhallt und ohne das Geringste zu bewirken.

Langmütig, liebevoll und weise ist Mein Sinnen über die Gemeinde der Berufenen gebreitet, dass sie Einkehr halten in sich selbst, um dann im konzentrierten Stillesein ihr Ich zu finden, als von Mir gegeben und von Mir zur Einheit aller Wesenschaft geführt.

Ich Bin, du Bist und jede seinslebendige Nuance deines Herzens brennt in Mir als ein urewig Feuer der Begeisterung am Leben und ein unvergänglich Gluten, Meiner All-Bewusstheit zu.

Finde Mich und alles ist gefunden, flüst're Ich dir ständig ins so wankelmütige Gehör. Strebe Meiner Herzensgüte zu - und deines Heils Gediegenheit und Umbruch, deines Sinngehalts und Währens Silberhauch, wie deiner Seelenanmut sprechende Gebärde öffnen dir das Tor zu Meinem Reich der überwältigenden Geistkultur, der Wachheit ohnegleichen und des strahlend jugendlichen Seinsbewusstseins in der Herrlichkeit der Himmelssphären.

Lausche du und lass dich leicht und leise, sanft und zart am Gängelband der Liebe von Mir zur Vollendung deines Wesens führen, als im Geist geboren und behutsam wieder in den Geistraum wahrer Wirklichkeit geführt. Ich Bin, darfst du dir sagen und Ich wiederhol es tausendmal in dir in strahlend hellen Untergründen in des Seiens wohlerwogener Manier.

Bedenke dein Erscheinen und erreiche Menschengöttlichkeit in dir, indem du Meines Wirkens Melodie vernimmst in deinem Über-dich-Verfügen.

Halte ein im Zeitverrasen und gewinne so die Blume Seins-Glückseligkeit in ihrem schönsten Flor und dem Entzücken, das sie dir verströmt in wunderbarer Seeleninnigkeit und in der süssen, sanften Herzens-hoffnung auf beständig mehr.

1.8

Im selben Mass wie Ich Mir Bin, soll alles Werdende den Liebreiz und die Sagenhaftigkeit des Seins erlangen. Wetterleuchten, dumpfes Grollen, klaren Himmels Bläue, ewige Heiterkeit des Herzens sind Mein Ideal im Werkraum der Erhabenheit und Stärke, der Gesandtschaft unzählbaren Sternenglühns, sowie der Auserlesenheit der Myriaden Wesen, die im Geisteswirken ihren Wert vertun.

Andacht vor Mir selbst erreicht Mein Mich-Erfühlen in der Unermesslichkeit der kosmischen Gebärde, in der sich Allgewaltiges wie Graziöses regt und richtet, um die Krone reisst und stillvergnügt Bescheidenheit geniesst im philosophischen Sich-selbst-Genügen.

Ich werte auf und halte nieder nach dem Mass der Seinsbewusstheit, die Ich Mir in der Geschöpflichkeit errungen. Tristheit ist im Trüben Mein erbärmlich Los, tatenfreudiges Brillieren in der Wogenwucht dynamischer Sentenzen, Meines Seins erhabenes Gespiel.

Ledig jeder Drangsal, schöpfe Ich aus barer Zuversicht und wesenswirklichem Genie in allen Sparten Meiner Seins-Präsenz im Wunderbaren. Ich gehorche Mir aufs Mal, wenn Ich den Winden Meines Geistrufs eine Aktion befehle. Gehörig fall Ich mit der Tür ins Haus, wenn es der Umstand will und lächle siegessicher vor Mich hin, wenn sich die wallenden Gesetze Meiner Weisheit strahlenvoll und glorios, gebieterisch und voller Zärtlichkeit erfüllen.

Mahne Ich, so meine Ich's auch so, wie Ich den Wortlaut Mir zurechtgelegt. Lob sinkt butterweich ins Herzblut Meiner Treuen nieder und befähigt sie, noch mehr auf sich zu achten und Bewusstheit zu Bewusstheit zu gesellen in der Seins-Biographie, die Ich im Weltensein Mir auferlege.

Kühn und kostbar, unbezwinglich, meisterlich und sakrosankt ist Mein Mich-selbst-zur-Herrlichkeit-Bewegen. Erbarmungslos und liebevoll zugleich, errichte Ich den Dom, in dem noch alle Wunder Meiner Seinsgeschicklichkeit ihr Heim und ihren Schauplatz zugeteilt erhalten. Machst du mit, so bist du mitten unter den Gelehrten Meiner Zunft ein Bijou der Beweglichkeit und Sitte, der Erlesenheit und Seinsbrillanz, wie der begehrenswerten Unbeschwertheit, die den Tüchtigen und Gottbegnadeten zu allen Zeiten innewohnt im Sich-Verbreiten.

Ich staune über Meinen eigentümlichen Gewinn an Gleichmut und Geschliffenheit, an Grazie und benedeiter Unverfrorenheit im Räsonieren. Es ist, dass alle Stricke Mir zerreissen, mit denen Ich Mein Sosein zänkerisch blockierte, derweil nun alle Leichtigkeit des Strebens Mich beflügelt wie den Aar, der in bewusst erreichten Höhn im Wohlklang seines Herzens unerhörte Kreise zieht.

Schweigend schicke Ich Mich in den Widersinn, den Ich zuzeiten produziere. Doch im Jauchzen löst sich Mir der Schrei der Seinsbegeisterung aus offner Kehle, wenn Gelingen manifest wird und gehöriges Erwarten die Erfüllung findet in der grandiosen Seins-Manier.

So trachte Ich nach Krieg und Frieden, nach Gekrache und erlesnem Säuseln in der Seins-Anatomie, der Mein Gestalten innewohnt und Mein geniebegabtes Räsonieren. Ich bade Mich in der

Gewissheit Meiner Stärke und berste vor Glückseligkeit, mit der Ich Mich voll Grazie und Heiterkeit ins Unergründliche verliere.

1.9
In den Spiegel deiner selbst zu schauen, ist ein Erlebnis rein und gross, über allem Ungemach ein Blauen, das dir liebevoll fällt in den Schoss. Nach so vielem dumpfen Träumen, bricht ein Tor von Wachheit auf, das zu wunderlichten Räumen sendet deiner Seele Lauf. Was sie da vermag zu schauen, ist der Geistigkeit Panier, im unbedingten Seinsvertrauen; das Gottselige leuchtet ihr und bewegt dein Herz zur Freude Beben in der Sphären lichtem Tanz, wie des Geistesrufs Erleben in des Himmels Liebesglanz.

1.10
Zauber der Vermählung mit dem Wesen der Unendlichkeit im Unergründlichen. Barhaupt im Blauen find Ich Mich und keine Lust, Mir ein Materiehäppchen zu erjagen.

Ich Bin Mir ganz und gar nur Sinn geworden und überreiche Mir im Geistesströmen Schloss und Schlüssel zum begehrten Königreich, in das die Seinsgebornen wissend tauchen. Damit wird Mir wahr, was noch für all so viele wie ein Märchen klingt, wie eine fromme weltenferne Sage.

1.11
Danksagung im Forum Meiner Güte für alle Gaben, die das Unendliche Mir zuhielt in des Lebens Schliff und Schärfe, Traulichkeit und seelenvoller Harmonie.

Im Wandel der bewegten Zeiten lernte Ich zu rechnen und zu rechten mit dem Ich, das Ich Mir Bin und das die Wachheit fördert und den Schlaf negiert, das Zügige vollzieht und den Alpenröschentrott verlanden lässt auf Nimmerwiedersehn.

Gibt es Rassenpferde, müssen auch die Reiter Rasse zeigen auf dem Ritt durch die Prärie unüberwindlich scheinender Fernen, damit das warme, traute Ende kommen mag ins berechtigte Erlaben.

Die Zügel straffen sich und sprechen deutlich ihre Sprache ins Gewissen, mit der Forderung nach mehr und qualitätsbewusstem Handeln an der Seinsbiographie, die dir und deinem Kreisen beigegeben. Nur wahrhaft nützlich bist du, wenn das Soll, das du erfüllst, von Mir initiiert, getragen und erfüllt ist, ohne jeden Abstrich in der Seinsgewissheit, die Ich dir verleih im wohlgelungnen Räsonieren.

Wie könntest du erfolgreich sein und ohne von Mir Lob und Tadel zu erlangen, Lotsung durch das Schilf der tausend Unbekömmlichkeiten auf dem Weg zum sichern Hort und zum galanten Ausgang aus der Fährnis deiner Tage. Gross ist, wer das Kleine nicht verachtet und mit Liebe und Gewissenhaftigkeit an ihm vorüber fährt. Nichts darfst du unbeachtet lassen, was die Herzensgüte fördert und dem Kelch des Lebens Süsse und Bekömmlichkeit verleiht in reichem Mass und in der Glorie des Genügens jedem Anspruch, der an dich herantritt in der Morgenröte einer hehren Zeit, die Ich dir lieb und weise vorgegeben.

Kaum zu kennen bist du mehr, wenn das Geheimnis Meines Inneseins aus dir erblüht und die Bedeutsamkeit von Meinem Tauen aus dir spricht und deinem menschenfürstlichen Gehaben, eloquent und zierlich, wendig und behutsam, leichten

Sinns und schwerer Würde. Würdig bist du Mir geworden im Erfüllen Meiner Pläne an der Welt und samt und sonders auch an dir im Kraftverteilen.
Sieh Mich ins Gelass der Gleichmut streben und erkenne dich in Mir als Gleichgesinnter und Gelahrter in der Kunst des sakrosankten Weilens, selig, voller Sanftmut und gestillt im Dom der Weisheit und der Wonne an dir selbst, in Pracht und Herrlichkeit und liebelichter Zartheit am vorüberwallenden Geschehn.
Kein Stern, kein Raum, kein Rascheln der Sekunden, nur der Wohllaut der Glückseligkeit im Sein und im Erfülltsein von der Gnade des Beschauens Meiner Angelegenheiten, als zur Ruh gekommen und zum Equilibrium der Taten, zur Genügsamkeit am wohlgelungnen Werk und zum herzinnigen Erlaben an der Fülle liebevoll gehegter Seinsgedanken im geheimnisvoll erstrahlenden Azur.

1.12
Wachheit ist der Würdigen Los, Ewig-Währen ihr Bewusstseins Fabelhaftigkeit und Raffinesse in der getragnen Lauterkeit der Sphären, deren Meister und Geselligkeit sie sind, seinsbewusst und lichterloh.
Wer verfügt, wenn niemandes Verfügen, Rügen, Rechten und Entflechten mehr das Ganze greift im Wirbelwind der Zeiten? Ich, mit all so lässiger Gebärde aus des Seins Gewicht und Überlegenheit, Gedeihnis und Gewähr. Licht schaffen ist Mein Metier, Klarheit spinnen, Klugheit explizieren und Beschaulichkeit gewähren Meine Leidenschaft im überwältigenden Brausen, wie im liebeleichten Überzeugen, das Ich heiter und gelassen transzendiere in der Weisheit Meines Schöpferstils.

Ich hab den Krummstab Meiner Macht gerad gebogen, um zu zeigen, dass von Mir nach unten, wie nach oben eine langgedehnte Linie der Verbindlichkeit besteht, die Meine Seinsbewusstheit atmet überall, wo immer Leben herrscht und Auf -und Niederschwung und Figalanz des Räsonierens.

Wen tröste Ich, wo Anprall und Verletzen schmerzensvoll geschah? Mich selbst in allen Wesen, Seelen, sicheren Empfindens in der Länge und der Breite universenweit gesehn. Ich brauche nicht zu reisen, weil Ich Bin an jeder Stelle resoluten Handelns oder träumerischen Dösens in der Vielfalt der Erscheinungen, die Ich Mir in der Zeitenfülle voll Bedeutsamkeit gewähr. In der Treue zu Mir selbst ist alles eingeschlossen und umfangen, was Ich Mir in allen Rechten und Berichtigungen gelte, wie in den blühenden Geschicklichkeiten und Errungenschaften Meines Gangs durch die Äonen.

Und was Ich hinter Mir verberge, ist der Weiselosigkeit glückseliges Gefieder, ist elysisches Geflüster reiner Zärtlichkeit der seienden Vernunft, die sich dahingibt in verströmender Gelassenheit und Wonne an sich selbst, in nie verebbendem Genügen und dem Gegenwärtigsein- Entsprechen als gesegnet und erlöst, gerundet und gesundet, auferstanden und geheiligt in der Helligkeit und Lieblichkeit, Unendlichkeit und Heiterkeit der Sphären.

1.13
Ein immenses Prüfverfahren lässt die Meinen innerlich erzittern und gibt Anlass zu bedeutungsvollen Pannen, die dem exquisiten Prüfling noch geschehn. Sein Wille aber, alles bestens zu bestehn, bleibt ungebrochen und führt ihn mählich dazu, völlig unbestechlich, lauter, treu und virtuos in

jeder Situation zu reagieren und so seinen Mann zu stellen, wie sich's bestenfalls gebührt.

Trägheit ist nicht seriös und nur die Tugendhaften führen sich und damit Mich zu wunderbar erspriesslich reinen Resultaten. Also ist bewusste Wachheit und Beständigkeit vonnöten, um Meinem Anruf unbedingt gerecht zu werden und Zoll um Zoll zu wachsen in des Götterwesens überragender Struktur.

Du Bist, Ich hämmere dir's ein, bis du's erfassest, was es heisst, ein unerhört erhabenes Idol in sich zu tragen. Es bietet deinen Nächten Strahlenlicht und Fülle himmelhoch. Die leuchten dir voran und lassen dich in freudiger Erregtheit Meines Universenatems Gegenwart erahnen. Wende dich Mir zu und wisse, dass Ich damit selber Mich voll Inbrunst zu Mir wende, um den Glanz und die Vollendung aller Prophezeiungen des Menschengötterseins zu sehn.

Das ist gesagt und soll in dir die Schlichtheit ebenso wie die All-Herrlichkeit begründen, die Meiner würdig sind und deren Virulenz und Tugendblüte Meinem Sonnenauge einen festlich aufgeschmückten Anblick bieten. Fassung immerzu bewahren heisst, unendlichen Bewusstseins fest und tatenfroh in Meinen Diensten stehn und liebestrahlende Begeisterung am grossen Werk zu intonieren.

Nun lass Ich's gut sein und will Mich weiter nicht ereifern als es nötig ist, Mein Ziel erfolgreich und behutsam zu erreichen. Denn es soll nun Meinem tiefsten Tiefesein gemäss sich eine auserlesne Ruhe offenbaren auf der See der Weisheit und Glückseligkeit, die Meines Seins unendlich liebenswürdige Gefährten sind, sowie die Perlen Meines Anhangs, die Mich ohne jeden Anspruch durch die seidenweichen Sphären der Unendlichkeit begleiten.

1.14
Im Sinnkreis voller Güte, den Ich lachend, lauschend und vergeistigt um Mich zieh, wie im Gewitter der Barmherzigkeit, das Ich sich frei entfalten lasse, Bin Ich Mir selbst der Nächste und vereine Klugheit mit Entschiedenheit, um feierlich und wohldosiert zu Meinem Recht zu kommen.
 Ich rechne dir, was du gekonnt und voller Feingefühl für Mich getan hoch an. Beliebst du Meinen Ansatz und Mein Gliederspiel zu intonieren, reich Ich dir die Hand zum Freundesbunde und verrichte in von Mir gesegneter und approbierter Weise mit dir das erregend vielgestaltige Werk von auserlesner Anmut und von mustergültigen Proportionen.
 Kennst du den Geist der Stärke und der Unbedingtheit im sibyllinischen Rumoren? Ich Bin Es, inkognito in dir und den Vasallen Meiner Kunst, Mich zu verbergen und vor aller Augen nichts zu sein, was im Geringsten auffällt oder sich auf's Podest schwingt, wie Lorbeersammler, Süssholzraspler und Geschichtenklopfer vor dem Volk im liederlichen Offenbaren.
 Bist du ledig solcher Zierart und befreit von Kapriolen eigner Resonanz und Rüpelhaftigkeit, so kann Ich in dir Meine Werte spielen lassen und den Friedensbogen ziehn vom Hier zum Dort, vom Allvergänglichen zum ewig Numinosen in des Seiens Pracht und Redlichkeit, Bestimmtheit und Erfülltheit, von bewundernswerter Grazie in hunderttausend Gnaden.
 Was Ich will, ist immer wohlgetan im Sinn von allgemeiner Liebenswürdigkeit und seelenvollem

Feingefühl jahraus, jahrein, im Mich-Verfluten. So ist Gewähr gegeben, dass noch alles, was Ich inszeniere, unmerklich ins Bewusstsein der Getreuen Meiner Zunft und Zartheit expandiert. Mir ist alles recht, was Breite, Weite und Geschliffenheit gewinnt im Hinblick auf Beständigkeit und Herzensgüte, Langmut, Treue, Sinnkraft, Mut und lächelndes Sich-selbst-Vergeben.

Was überzeugt, ist wohlerblüht im Garten Meiner Illustrationen von dezenter Fabelhaftigkeit und immanent gesetzter Glorie im Ruhverteilen. Mählich siehst du ein, wie unverzichtbar und unendlich zärtlich Ich als Pluspol aller Seinsgeschicklichkeit agiere, um Mein Bild in allen Ebenbildern auferstehn zu lassen und in samtner Sanftmut überall zu reagieren und regieren, wo Gelegenheit besteht, der Güte und Gerechtigkeit, Getragenheit und Weisheit zum ersehnten Durchbruch zu verhelfen in des Seins dezent gesetztem Lustrevier.

Damit zugleich Bin Ich für hochsensible Rast und Seelenfrieden in den Räumen überwältigenden Ruhns. Ich ziehe Mich zurück, Mein Sein verwandelnd in ein Meer von ewiger Beschaulichkeit und stillvergnügter Heiterkeit im Saal der tausend Seligkeiten und Begünstigungen vor dem Antlitz Meiner Majestät. Schau hin, erbleiche und gewinne Farbe der Holdseligkeit zugleich im Seelensein von absoluter Freiheit des Erwartens und vom dankbeschwörendem Kotau vor Mir und Meiner heiligen und strahlenhell gefiederten Präsenz im Wunderbaren.

1.15
Deine Herzensnöte seh Ich flackern und trag das Wunder der Erlösung als Sehnsuchtskraft in deine Seele ein, um deinen Auftrieb zu befördern und der

Verwandlung deines Selbstgefühls Entschlossenheit zu bieten.

Nun gleiten deine Tage wohlbewahrt und freudenreich in Mir dahin und heben sich und senken sich in Sicherheit auf Meinem Meer der Seinsgenügsamkeit dem Kap der guten Hoffnung zu, im Morgen- und im Abendblinken. Mein Regelwerk ist immer für die Welt in voller Aktion und staut und presst und lässt die Wasser der Betriebsamkeit in alle Weiten fahren. Dir soll bekannt sein, dass in Meiner Hemisphäre alles stimmt und wohlgetrimmt rumort in seines Wesens Brauchbarkeit und Sitte, Mitgift und Sensorium, zum Wohl des Ganzen, das Ich inszeniere.

Weidmannsheil ist ausgerufen über Meine Lande hin, und blühendes Entzücken streitet mit der Not, bis es die Oberhand gewonnen hat im unermüdlichen Vergüten.

Wo immer Ich besetze, war der Platz noch leer und harrte auf das Kommen eines wunderwirkenden Gedankens, der sich froh erregend und gekonnt darniederliess. Was Ich meine, ist gemeint für Ewigkeiten, was Ich schaue, öffnet Wege in die Weiten einer Wohlfahrt von unendlicher Gewähr. Gürte dich und läute Abschied vom gewohnten Trott der tausend lockeren Verstiegenheiten und erkläre dich als Seinsgewinner und bewusster Hoheitskletterer auf Meiner vielgepriesnen Bahn der starken Stationen und der liebevoll gepflegten Bazarstellen in der Wüstenei des Lebens.

Neige dich dem Lichte zu, das Ich allüberall verbreite und wandle dort auf hohen Weisheitspfaden, wo Ich die Voraussicht walten liess und Meine vielbesungnen Pläne für dich gelten. Du sollst im Feuer der Begeisterung für Mich glühn und deine Tage in Gelassenheit und Anmut, Wonnesein und Seelenseligkeit vollenden.

1.16
Seinsgewissen manifest und zärtlich hüllt Mich ein und fährt in alle Winde Meines folgerichtigen Befehlens. Ich baue, schaue unverzüglich, unentwegt Mein Reich im Reichtum Meiner Kräfte und im richtungweisenden Gewalten Meines Grossgenies. Überwältigend und vollbewusst ge-troffen ist Mein Sagen betreffend jedem Bildnis, das Ich grandiosen Schauens vor Mir seh, um es in einer Szenerie der übermächtigen Tatenfreudigkeit zu etablieren, dort wo es im Sternenall Gedeihen, Wohllaut des Empfindens und Entfaltung seines Eigenwillens finden soll.

Ich intoniere und der Weltenklang hebt an, sich allgewaltig zu verbreiten als das Klingen unermesslich reiner Süsse eines Wohlgesangs von freudebringendem Erwählen. All so verströme Ich Mich in die Ätherweiten Meiner Seinspräsenz in ewig guter Absicht und in variantenreichem Meine-Künste-fabelhaft-Verstehn.

Aufwall, Minderung und seelenseliges Beruhn beginnen ihre Wirksamkeit und Wirklichkeit in höchster Anmut zu entfalten und Geschichtlichkeit ins Sein zu setzen, unerhört, äonenträchtig, sinnbewusst und wahr.

Was Ich leichterdings und liebevoll, geschickt und schicklich dem Gedächtnis Meiner seinsgetreuen Diener übermache, trägt das Siegel Meiner Grossnatur und Meiner Absicht, Willensstärke, denkerische Überlegenheit und feingestrichenes Empfinden in die Wesen Meiner Machart und Gefälligkeit zu senken, ohne jeden Zweifel und im Zeichen seinsbewusster Harmonie.

Wie lob- und huldreich sind doch alle Meine Seins-Verbindlichkeiten in allräumlicher Gediegenheit und myriadenfältiger Bewusstheit ihres Eigenwesens als in Meiner Immanenz beschlossen und getan. Mein Werk ist werkgetreu das ihre, will Ich meinen, Meine Richtigkeit und Wichtigkeit in allem, wie die ihre, singen kosmische Glückseligkeit in Meinen Äther des Gelingens und Vollbringens freudgebärend um Mich her.

Was Wunder, wenn die Seinserkennenden, von Meiner Gnade zehrend, ihres Wertes angesichtig werden und das allerreinste Glück verkünden, das sie inniglich beseelt im Nachvollziehn der schöpferischen Züge, die Mein All durchfluten und Begeisterung am Sein und Werden in die Himmelsweiten sä'n.

Bezaubernd ist, was Ich in unentwegter Emsigkeit kreiere, beglückend, was sich segensvoll von Stern zu Stern unendlichen Geschwaders in die Sphären hebt. So sei's, geschieden und bewegt, wie Ich es meine und von götterlichter Turbulenz begleitet als Gewalle der Geselligkeit im urgewaltigen Getöse, wie in der im Wonnesein erfahren, ungekräuselten im Allerinnersten und Götterlichtesten erfahrnen Ruh.

1.17
Der Lebensfreundlichkeit und Zuversichtlichkeit will Ich um jeden Preis die Stange halten im erwachsenden Allhier. Es soll Mir nimmermehr und nie etwas veralten in Meines juwelinen Werks unendlichem Gefallen.

Ich lächle weise wissend vor Mich hin, bei aller Strenge, die Ich füglich in den Zellen Meines kosmischen Verfügens walten lasse und entdecke immer neu und lebensheiter märchenhaft erscheinende Bedeutsamkeiten.

Wer wollte mehr als Ich die Dinge Meiner Zunft in allerbeste Wege leiten. Ich liebe die Vernunft und habe ihrer Unbestechlichkeit und seinsbrillanten Klarheit nichts hinzuzufügen.

Ich wende Mich Mir zu in jedem feingefühlten Lebenskeim, den Ich entworfen, ausgetragen und dem Strahlenlichte Meiner Liebe überlassen habe. Meines Segnens ruhig wissende Gebärde send Ich aus um jeden Wohllauts willen, den Ich in Mir klingen lassen will im Herzensschoss der Meinen.

Grundrecht Meiner Würde ist das Mich-Verformen unverzüglich, immerzu in einem unerschöpflich tatbewussten Variantenspiel. In allem gleiche Ich Mich Meinem Liebreiz des Erscheinens, Meiner Hoheit und Beständigkeit und Meinem Spürsinn an, um Wohlgefälligkeit, Bekömmlichkeit und Harmonie in reiner Fülle zu erzeugen.

Unermüdlich schweife Ich durch Meiner Gründe namenlose Vielgestalt und überbringe Mir die Nachricht Meines Mich-in-ihr-Befindens. Dienstbeflissen, tatenfroh und treu entflamme Ich Begeisterung am Sein und Wirken in den Myriaden Wesen Meines Anhangs und erkläre Mich als zart und schicklich wirkender Prophet in ihnen.

Unveräusserliche Wonne ist Mein Seiens Siegel in elysischer Gewähr, die Ich Mir rein und fein erhalte durch Äonen Meines rigorosen Existierens, brachial beginnend - und erschöpfe Mich in liebevoll und seinsglückselig hingehauchten Phantasi'n.

1.18
Ich Bin der Hüter Meines Bruders, der du Bist als einzelgängerischer Mitgestalter Meiner Angelegenheiten im Allhier. Was dir frommt, ist Meines Überlegens Willkür und Beschrieb, ist Meiner Zierlichkeit

Durchwalten ebenso, wie des natürlichen Gewaltens Epos in der kosmischen Natur.

Restlos ans Gewimmel deiner Art vergeben, trachte Ich nach Seelenstärke und Gewissenhaftigkeit in ihm, überwalle es mit einer Fülle sonderlicher Gaben und ziehe Meine Hand von dem, der Meiner flucht in seines Eigendünkels Kapriolen.

Es ist gut für dich zu wissen, dass noch jeder Schritt auf dem Parkett der Weltenbühne, den du leistest, Meiner Absicht Zierde ist und Meines Grossprojekts Verlangen. Ich operiere und agiere mit dir in erwiesner Selbstverständlichkeit des schöpferisch befruchteten Kalküls, mit dem Ich alles angeh, grandios in allerfüllenden Dimensionen.

Mach es dir nicht zu leicht, zu Meinem Sinnbild aufzusteigen und Gewähr zu bieten für die Wohlerwogenheit, mit der Ich jede Senke, jeden Aufwall in der Seinsgeschichte Mir gestalte durch die Lebensgeister Meiner Wahl. Ich zupfe, steche, räsoniere, bitte und befehle Mich in dir voran, im Wagnis des Unendlichen, mit dem Ich dich begabe. Du schwillst und stillst, bemerkst und lässest liegen, was Ich von dir will in der berühmten Quadratur des Kreises, die das Unmögliche erreichen will mit allen Schlichen, Pfiffen, Wendungen und Liebenswürdigkeiten, die da sind von Mir gegeben und geführt, vertreten und von Mir als meisterhaft und glorios bewiesen.

Meine Gründe sollst du kennen für den Eifer, den Ich ins Gestalten Meiner hochpotenten Setzungen und Satzungen zitiere. Mein ist der Wille, der die Welt beseelt und Meine federschwingende Behutsamkeit im Himmelskreise-Legen.

Hast du Mich begriffen, greifst du mit Mir in die Sternenharmonie und bewegst und hütest deines Teils All-Herrlichkeit im Ganzen einer Einheit ohnegleichen, die im Minikrimsten ihren Anfang findet und im Überwältigendsten die Erfüllung einer majestätischen Gebärde, die Mich meint in allen Äusserungen kosmischer Natürlichkeit und aller innewohnenden Bewusstheit, Hingegebenheit und Grazie von Himmels Gnaden.

Hörst du Meine Glocken klingen, senkt sich ein unendlich Sehnen in dein Herz nach Auferstehen in Mein Reich der Fülle und der ewigen Glückseligkeit in der elysischen Prägnanz, die Mich durchwaltet und die des ewigen Tages Blüte ist in Meinem Zaubergarten. Willst du dies, so will Ich dich mit aller Weisheit und Beflissenheit beseelen, die nötig sind, um sich zu Meiner Lichtheit zu erheben und des Grals des göttlichen Befindens würdig und gerecht zu werden, als Erfüller und Genie.

Ich blättre um, und alles Weisse, Reine, Unbescholtene soll dir und Mir zur Absicht dienen, neue Wege der Verherrlichung der Geisteskraft zu geh'n, die über allem waltet und als Sein in jedem Sein in liebevoller Weise thront und sonnengleich und reichlich ihren Wert entfaltet, sieggewohnt, bezaubernd, heil und wunderschön.

2

Hinab von Meiner Hügel Fliessen

2.1

Hinab von Meiner Hügel sagenhaftem Fliessen breitet sich der Blick in eine Runde, welche Mir das All erschliesst in allen seinen geistvoll ausgesandten Bastionen. Es trägt sich Mein Bewusstsein ins äonenwirkende der Zeiten, sich weitend in die hocherhabnen Räume Meines Seinsgestaltens. Es durchschaut die Angelpunkte aller Wirklichkeiten, die da gesetzt sind in Mein unendlich seelenvolles, lichtes, bunt und heiteres Gedankenheer.

Du auch bist Gedanke Meines majestätischen Beginnens und Besinnens im Allhier. An Meiner Einsicht hängt dein Leben, an Meiner unerhörten Tatkraft dein Begier. Dein Wollen ist gebettet in Mein allgewaltiges Gebieten, deine Kraft des Zeugens in das Zeugnis Meiner Wortgewalt in Meines Seins unendlichem Verspielen.

Nun sage du, wie wenig du dir bist in dir und zugleich auch wie viel in Meinem sich verflutenden Elan. Wohin Ich komme, gehst du dir verloren und gewinnst Mein überwältigendes Sein dafür. Wo sich dein Augenlid vor Meinem Schauen sanft und sicher hebt, eröffnet sich dem Strahlenblick ein Weltgeschehn von urgewaltiger Wirklichkeit im Überirdischen, die fliesst aus aller Gründe ewigem Begründen.

Meiner Schwingen Schwung ist einer Woge reinen Lichtes zu vergleichen, die allüberall ihr Wunderwerk vollzieht, worin sich die glückselige Narretei der Künste badet, die Mein Vaterherz ersinnt und liebevoll ins All versendet Meiner Ich-Kultur.

Leisten kann Ich Mir, was niemand nur im Allerwinzigsten zu leisten noch vermag. Alles Trügerische weiss Ich zu entdecken über jedem noch so fest verschlossnen Selbstgefühl. Atmest du in Mir, so bist du Meiner Tugendhaftigkeit Gefährte, Meines Wirkens Ausgeburt und Meines Mich-

Versendens letzter Strahl. Ich will und will Mich, Meiner Allgewalt gewiss, in dir aufs Sagenhafteste vergüten. Mein Ziel ist, allem, was Ich Bin, noch ein Unendliches hinzuzufügen in bewusster Euphorie und all so zärtlichem Entbinden.

Was Ich lasse, lass Ich nun von Meiner Elementenruh umfliessen. Was Ich hochbeglückt beschaue, tauch Ich in ein Meer von Sympathie und lass es leichthin sich im Liebelicht vollkommnen Equilibriums verschweben.

So ist es Mir gegeben, so ist's in Mir getan und alles Hochgekräuselte ist eben und ruht unwiderstehlich, seelenvoll und sanft auf Meinem Seins-Altan.

2.2
Wer anders als du, soll Meine Belange im Erdkreis vertreten. Obschon er ja wimmelt von Wesen, bist du's Mensch allein, der mit seinem Gehaben Götterwürde erreichen kann von Meinem Format und Gesetz, von Meinem Wohlgefühl und von Meinem Sinn fürs Ganze der emsigen Erdenbewohner.

So bau Ich auf dich und den Bogen deiner Gelehrsamkeit, mit der du die Wege zu finden hast und die richtige Art des Zusammenlebens aller Schattierungen der Haut und der Sprache, der Gescheitheit und der Fähigkeit, die Probleme des Fortgangs des Lebens zu lösen, ohne ins Ego zu sinken und Meine Würde zu kränken in der nach Freundschaft und Harmonie lechzenden Myriadenschar.

In deinem Auftritt ist Mein Sein verborgen, in jeder Morgenröte - Meines himmlischen Gewaltens liebelichter Strahl. Es gilt, dass dein Erkennen mählich Mich erkennt im Sausen der Gewässer, Winde und

Ereignisse, die sich von Tag zu Tag auf dem Planeten durch den Weltraum tragen. Von Meinem Einfluss abgeschnitten bist du nie, denn Meiner Sonnen Sich-Verstrahlen spendet Licht und Leben, Wärme, Wohlgefühl und dazu noch den namenlos geschmeidigen Gehalt an Geistigkeit, die allem innewohnt, was Ist und was als Lebenskeim unsterblicher Präsenz sich mit dem Mantel der Vergänglichkeit umkleidet, um ihn in jeder Runde des Erscheinens nach erfüllter Zeit getreulich wieder wegzutun.

Siehst du denn nicht, wie sich ein Etwas mit dir durch den Raum bewegt, dem du mit deinem Sinn für Schönheit und Erhabenheit, mit deinem Feingefühl und mit der Daseinsliebe Wirklichkeit verleihst. Sie ist dir gegeben, ungefragt und all so fein und zärtlich, dass gar viele noch vom Tiersein in dir wuchernde Gewalten es behindern im Entfalten seiner Blüte. Dies ist die reine Menschlichkeit in seelenvoller Seinsgeschwisterschaft mit allen Wesen, die sich die Wunderwerke Meiner Schöpfung feierlich zu eigen machen.

Ängste schaffen Not und liebenswürdiges Vertrauen auf die Weisheit der uns innewohnenden und hocherhab'nen Schöpferkräfte schafft Gemeinsamkeit im Wollen und Verstehn, im Wirken und Gestalten einer Welt des Friedens und der Freude, der vollendeten Genügsamkeit, der Tugend, Harmonie und des sich immer mehr verbreitenden unendlich lauter'n Seinsgewissens, das Mich meint, um das Ich in den Wesen weine, bis die Sehnsucht es zum Durchbruch bringt in allen Regionen.

Machst du mit, so gehst du täglich, stündlich still in dich und ahnst und weisst um Meine Züge in der Wirklichkeit der Sphären, die Ich um dich breite, die in dir verborgen sind und die Ich schliesslich Bin in unveräusserlicher Demut, Majestät und Meisterschaft im Seins-Verteilen, das in absoluter Einheit doch besteht und den Äonen ihre Würde, Würze, Sagenhaftigkeit und Sendung, ihren Horizont, ihr Ziel und ihre Zuversicht verleiht in allgewaltigen Dimensionen.

Ich fürchte Mich in dir vor Mir und will doch, dass Ich Mich in deinem so zerbrechlichen Gehäuse als das Seiende, unübertrefflich Wirkungsvolle, in sich selbst Glückselige erkenne, dem nichts anderes bevorsteht, als des Elysiums beseligendes Rauschen, Tauschen und Gewährenlassen eines Soseins von urewiger Wonne, Zärtlichkeit und Liebe im lichterstrahlenden Azur.

2.3
Als ob im Hier Erlösung wäre, benehmen sich die vielerlei Versierten protzend und geniesserisch im Raritätenladen, den sie um ihr Eigensein errichtet haben. Schau es und hör auf, sie zu beneiden um den Glanz auf ihren Schienen, um die Narrenkappe auf dem Haupt und um den Anschein der Erfülltheit, den sie sich gegeben.

Beneidenswert ist nur, was Ich Mir Bin und deshalb auch empfehlenswert, es zu erringen. Gar füglich ist's, in Meinen Stapfen still voranzugehn und gläubig Meinen Lichtern nachzufolgen in der Seins-Arena, der an Grösse nichts gebricht und die im Rang des Grandiosen steht vor aller Augen. Barhaupt sollst du vor dem Werke stehn, das einzig Meines Schaffens Zierde, Meines Wirkens Wohlerwogenheit und Meiner Schritte Tatkraft offenbart. Du meinst die Lage zu beherrschen auf dem Erdenplan und achtest nicht der Winzigkeit, die du bewegst, derweil Ich alles in der Zeit und in dem Ewigen galant, erfinderisch, liebreich und voll Feingefühl bewege. Wie heisst es doch in Schriften unvergänglichen Bedeutens, dass dem Herrlichen, der Ist, allein die Makellosigkeit und Ehre, Heiligkeit und Springflut der Vernunft, Redseligkeit und Wonne tiefen Schweigens zugeschrieben werden muss von allen, die da wahre Einsicht pflegen und sich um das Erringen eines Sinns im Leben müh'n.

Die Quote der um Klarheit und Gottseligkeit Bemühten ist nicht hoch. Man lässt sich gierig treiben und besinnt sich nicht auf das, was innen in präzisen Lettern mahnend aufgeschrieben steht. Wohl dem, der seinem Ohr die Feinheit anerzogen, Meiner Stimme Wohlklang und Erhabenheit zu hören und ihm zu Gehorchen. Heitersein und Meine Fülle vor dir sehn, sei alleweil dein Stil und deine Gangart, dein Erheben und herzinniges Bewähren.

2.4
Ist die Pein zu dir gegangen, musst du ebenso, wie der Christ am Kreuze hangen, unter Schmerzen lichterloh. Wach wirst du vom Leid. Es stählt dein Wille sich, um auszuhalten, was dich quält und dich dem Seelenaufruhr regelrecht zu stellen, bis die Wirrsal ausgetragen ist, geduldig, tapfer, ingeniös.

Das Leiden ist die Offenbarung eines erdgebundnen Widerstands der schaffenden Geistigkeit entgegen. Die träge Masse zu bewegen, schmerzt und braucht Elan und Energie, Beweglichkeit und unerschütterlichen Willen zum Vollbringen einer wohlerwognen Tat.

Doch siehe: In der Stunde schmerzlichen Bewährens Bin Ich ebenso bei dir, wie am bedeutungsvollen Freudentag, an dem du deines Seins Erkennen feierst und die Dinge sich wie hingegossen in die Landschaft deiner Pläne fügen.

Lass dich nicht verführen zur Revolte gegen Ungerechtigkeiten, die dir massenhaft geschehn.

Ruf die Ruhe auf, die Meiner würdig ist in dir und präge dem Geschehn den Stempel auf der ungebrochnen Gläubigkeit am ewigen Meister, der sein Werk mit Weisheit, liebevoller Zärtlichkeit und seinswahrhaftigem Edelmut versieht. Schweig du vor Ihm und lass dich in Geduld von Ihm erhalten und verwalten, lautlos führen, deine Sehnen stählen und dir sein Besitztum zeigen, als in dir beschlossen und in dich gegossen wunderbar.

Ist auch Meine Absicht schwierig zu durchschauen, kannst du doch erahnen, dass sie aller Güte Herzlichkeit, Wahrhaftigkeit und Schönheit in sich trägt, wie die Verheissung eines Aufstiegs in die Herrlichkeit der Geistessphären. Du nimmst und gibst genauso, wie Ich Mich im Unendlichen in Redlichkeit, Gewissenhaftigkeit und Zartheit ebenso vergebe. So lockert sich das Feste, so zerfliesst das starre Eis zu Tränen der Empfindsamkeit, die lässt das Mitgefühl erspriessen. Ich bade dich und labe dich in jedem brausenden Gewitter und erkläre dir danach den aufgezognen Frieden und die Wonne, die des Heilens Atem dir beschert. Getröstet bist du und gestärkt in deinem Dich-Verwundern an der Welt und an der innewohnenden Erhabenheit, die dich dem Überweltlichen verbindet und dich führt zur wahren Grösse deines Wesens.

Zum Heil berufen bist du Mir in Meines Waltens Gegenwart und Meines Rufs Verkünden in der kosmisch angelegten Liturgie, die Ich im Widerspenstig- wie im Guten feiere nach Meinem Ritus und nach der Gerechtigkeit der Himmelsdominanz in allen Daseinssphären.

Ich stosse vor und ziehe Mich zurück in überwältigenden Wogen der Begeisterung am Sein und Weben, wie am Ernten der Beschaulichkeit und Süsse, die sich Mir ergibt nach Meinem allerletzten Wehn. Es ist das Glück, im Sein zu stehn und zu erkennen, dass schon immer sein Geheimnis sich voll Liebeszartheit über alles Leben breitet, um es wieder in unendlichem Erbarmen und Erwarmen, Langen und Umfangen, liebeleis an sich zu ziehn. Sein ist immer da und wenn du es erkennst, musst du nicht mehr auf das Glückseligsein und die Geburt der Daseinsfreude warten.

Dich zu sein ist Meines Aufwalls Stärke, wie auch das Begründen, deine Liebe zu empfangen, Meines Dich-Erwägens Trost und Meines Hoffens überragendes Erfüllen universenweit in allen Reichen Meiner seienden Glückseligkeit, Bewusstheit, Lichtheit, Liebe, Heiterkeit, sowie den heilerprobten Herzlichkeiten.

2.5
Wozu denn müssen Meines Wortgespiels erbauende Gewitter eilends hin und widergehn? Klarheit über deine Situation soll werden durch vermehrtes Training der Gedanken und das so Berühmte In-sich-Gehn in lauschender Gedankenlosigkeit und absolutem Schweigen. Glaubst du wohl, dass es geschätzt wird von den Hierarchen, wenn ihr Meisterwort im leicht gestimmten Fluge ständig unterbrochen wird von deinen so banalen Eigensinnigkeiten, von denen es nun wirklich nicht der Rede wert ist, dass man sie erwähnt, derweil die Melodie des Seinsgewissens strömt und strömt in Lauterkeit und überirdischem Gefallen.

Ich erbaue alles noch in Meinem Stil der hunderttausend blinkenden Facetten, wie der phantasievoll aufgezeigten Bodenständigkeit, die das Praktische mit dem Ästhetischen auf geniale Art verbindet und Weisheit offenbart im tätigen Verfügen.

Sind die Menschen nicht ein Bau von ausserordentlichem Klang der Harmonie mit den Gesetzen, die vom Kosmos unentwegt und seinsgeladen in das Winzige strömen, das damit das Universenweite darstellt wunderbar durch Mein Verfügen. So klein du bist, o Mensch, so grandios sind deiner Herkunft Weiten, Zeiten und Errungenschaften, die dich prägen und in einer Einheit ohnegleichen Mich und alles sind in himmelstürmender Gewähr.

Wer kann sich solches leisten, wenn nicht ein alles überragendes Genie, bei dem die Fäden einer geistigen All-Wirklichkeit zusammenlaufen und das Denken sonnenfeuerhell erstrahlt, dessen Fühlen wunderbare Liebewärme innewohnt und seines Wollens Macht ein kosmologisch aufgetürmtes Donnerrollen in der Seinsmagie entlädt.

Mein höchstes Glück jedoch ist die Gebärde wundertätig vor Mir dargelegten Schweigens, wo das Beschauen höchste Innigkeit gewährt und namenlose Wonne sich in Meinem Sein verweht. Himmelszärtlichkeit wie Rosenwölkchenglühn erfüllt Mein Weilen in der absoluten Ruh, die von der Unbeschwertheit, Lauterkeit und Schönheit des Erlebens zeugt, in die Ich Mich begebe. Unnachahmlich, unerschütterlich, geheimnisvoll und zart ist das Gewebe Meines Bleibens in der Weiselosigkeit der Sphären, denen sich Mein Herzblut ganz zuinnerst, ganz zuletzt in lichter Andacht weiht, weil Ich bei aller Seinsgeschmeidigkeit allein Mir selber nur gehöre. Gottesglück im Menschenleben und Menschenseligkeit in hunderttausend Gottesgnaden sind die Quintessenz des Seins, von der die Weisesten der Weisen erst am Rande der Geschichte höchst erfinderisch und sehnlich träumen.

2.6

Merkurs flinke Flügel überbringen eine Botschaft von galanter Handlungsfähigkeit ins hoffnungsvolle Tal. In ihm generiere Ich den Sinn für die Geschäftigkeit im strahlenden Verteilen Meiner Güter hin und her und auf und nieder, rasch und willig in des Seins kaleidoskopischen Gefilden.

Mehrwert schaffend, bringt er das Lebendige voran in meisterlichen Zügen und erobert sich noch jedes auserlesene Gebiet, wo Masse oder Raritäten feilgeboten und versilbert werden sollen.

Hast du ein Gespür für das erfinderische Präsentieren von dezenten Brauchbarkeiten, hilft dir Merkur auf dem Fuss, um es ins Wirkliche und Raisonable umzusetzen, schön zu deinen Gunsten und zur Freude der Besitzer, wenn die Qualität Begleiterin und Zierde ist der so erstand'nen Güter.

Wohlverstand und guter Wille, Redlichkeit, Geduld und Kenntnis der Gesetze sind vonnöten um Verhältnisse des Friedens und der Eintracht unter den Erzeugenden und den Empfangenden zu schaffen, ohne die das Menschliche verkümmert und die Habgier und Enttäuschung tückische Triumphe feiert im unübersichtlichen Gewühl.

Es liegt Vernunft auf allen Meinen Wegen, sollst du hinters Ohr dir schreiben und dabei erkennen, dass der göttliche Gedanke überall zum Durchbruch kommen will in allen Regionen menschlichen Versuchens, Handelns und Gewinnens, in der Zeit der Blüte und des Wachsens immerdar.

So erhebt sich aus Mir, wie ein Baum der Fülle, die beziehungsreiche Wohltat regen Tauschens, Lauschens und Erkennens der Gelegenheiten, die Dinge zu verschieben dorthin, wo sie nützlich sind und Charme und Wonne, Wohlgenährtheit oder pure Sachlichkeit verbreiten. Bewundere, was sich so tut und trage Sorge dafür, dass darin Mein Wille nicht verletzt wird und die Springflut aller Dienstbarkeiten Meinem Lobe dient und Meinem glückverheissenden Entfalten.

2.7
Nichts erzwingen, Jubellieder singen, sei Meines Sinnens Zweck und Ziel in diesem Stelldichein mit Meiner guten Geister hocherhabner Schar. Das nächtliche Verweilen in des absoluten Schweigens Zuversichtlichkeit erweist sich als das Medium glückseligen Transformierens von bezaubernden Ideen aus dem Geistreich in den Rahmen einer Wirklichkeit, die wir die unsere nennen, ohne zu bedenken, dass es nur ein einzig Wirkliches im Universenreichtum gibt, das Sein, das allem unfehlbar zugrunde liegt, dem Baren wie dem Wunderbaren.

So stell Ich Mich dahin, wo es sich offenbart und sich die Züge allen Werdens ununterscheidbar mit dem Sein vermischen, so dass alles Seiende sich als Ich Bin erkennen kann in seinen vielgepriesnen Tiefen.

Des Lob Ich Mir und dies zu preisen, biet Ich Flöten und Schalmeien, Zimbeln und Trompeten, Engelchöre, Weltenchöre, Symphonien, Harmonien und Vollbringer auf in einer Fülle ohnegleichen, dass ein Brausen wonnevoller Eigentümlichkeit und Zartheit in den Sphären sich erhebt, um dem nie Endenden, in alle Himmelsregionen reichenden, holdseligen Königtum zu huldigen, das in sich selber sich ergeht und sich erlabt an der immensen Fülle seines Glänzens.

Wie wahr ist doch das Wort „Ich webe" und wie sinnig aller Seinsapostel Reden von der Unverbrüchlichkeit der liebenden Vernunft, die allen Seins Bewusstseinsstärke ist und Grazie und eingebürgerte Substanz in seinem all so faszinierenden Benehmen. Ich warte nicht und hoffe und erwarte die Bestätigung der segenvollen Seins-Impulse, die Ich in den Äther sende als von Mir gegeben und schlussendlich zur Vollendung hingeleitet im glückselig über alles hingebreiteten, erschütternden Verstehn.

2.8
Ich lebe, du erlebst die Eigenart des Denkens, seins-gerecht in Mir, als eine Farce wahrer Wirklichkeit, die Ich allein verwalte und Mir glockenrein erhalte, traut und geisterbaut und auserlesen.
 Schöpferischen Flairs errichte Ich Barrieren zwischen Mir als Ur-Sein und dem Surrogat von Meinem Denken, das du bist, als in einer Riesenblase von ereignisvoll gepfefferten Illusionen, mit denen du dich wie an Krücken fortbewegst in Meinem hochgebenedeiten Namen.
 Du weisst es nicht, damit du niemals überheblich wirst in Meinem Sinn des Disponierens, Reagierens und Gewaltverteilens in der Unermesslichkeit der Sphären. In deinem Sinnkreis magst du dich zum Potentanten und Gebieter über Meine Ländereien stilisieren, doch es naht die Stunde, Tag für Tag, in der es ruchbar wird und offenbar, wie wenig letztlich dir gehört in deinem ignoranten Lotterleben.
 Wenn du doch deine Kindlichkeit ein wenig nur bedächtest, müsstest du voll Scham dich in das nächste Höhlenloch verkriechen und die Worte stottern:„Jahwe, lass mich, lass mich bitte Deine Wahrheit sehn, damit ich meinen Eigensinn verlassen kann, um mich allmählich, seinserkennend, in der Sinnkraft Deiner überragenden Präsenz zu etablieren." Dazu spricht Jahwe: „Nichts und alles sollst du werden in der Art, dich selbst zu definieren

und in dir Mein allerliebstes Meisterwerk zu schauen".

Gläubig, wissend, spiegelblank und dankerfüllt will Ich dich sehn, will Ich Mich vor Mir selber in dir präsentieren. Hast du dies begriffen, lässest du die Flausen deiner Selbstverherrlichung weit hinter dir und weihst in Demut alle deine Güter Meinem Seinsverwalten und Erhalten, unbedingt, in deinem Zaubergarten.

Ich gewöhne und entwöhne in bewusster Strategie den Blütentrieb der Meinen, dass sie Mir in Reinheit und Besonnenheit entgegenkommen, täglich, stündlich im Geschwader ihrer Lebensdinge -als in einer Einsicht ohnegleichen- zur Befriedung und Gelassenheit geführt. Ich komme, wenn du kommst, in wunderbarer Einigkeit dem eignen Reich entgegen und entfalte Mich in dir zu einem Dasein von ergreifender Beseligung, Konstanz und Menschenfreundlichkeit im ewigen Allhier.

2.9
Restlos klug kann nur Mein überragendes Gewissen sein, weit über allen Hahnenkämpfen, die von Grund auf fehlbar sind, weil sie den Pfiff des Seins und die Durchtriebenheit des Andersartigen beileibe nicht in sich verwalten. Dem Jammer über das Versagen folgt der Virus der Gewissensbisse, dass man überhaupt sich ins Getümmel einliess, akkurat dem eignen Ruf zum Schaden.

Schärfe deinen Sinn, sag Ich von Meiner Warte aus und werde seinsgelassen, dass dich niemand mehr herauszufordern und in tück'schen Sumpf zu ziehn vermag. Du bist erhaben und sollst es auch erkennen in der wissenschaftlichen Gewähr vom Sein im Sein, die Ich dir spende, um dem Ende deiner Weisheit neue, überragendere anzufügen.

Verspotte nie die Heiligkeit des Lebens, um zu vertuschen, wie unklug des Begreifens du dir bist im Feld der Analyse der Gegebenheiten. Wahre Einsicht kommt allein von Mir und sticht die Blase auf der Illusionen, die du so geflissentlich genährt und aufgeplustert hast mit deinen überbordenden Ideen.

Ich kenne nur das Eine, dass Ich Bin und damit weder Zeit noch Raum auf dem Gewissen habe. Aller Schlendrian bleibt an der Schwelle stehn zu Meinem Seinsbegreifen und muss sich als geschlagen und besiegt erklären, eh er nur den Arm erheben konnte vor dem Donner Meiner Siegesfahrt im Leben.

Mach rasch, um dich vom gängigen Getriebe fernzuhalten, dessen Glanz nur eine Farce ist und ein sich selbst bekämpfendes Malheur in allen Breitengraden. Wahres Wirken stellt die Achtung vor dem Ewigen voll natürlich ins Kalkül und bedient sich Seiner Grösse, Tag für Tag, um selber gross und grandios, gelehrt und unbedingt vom einzig Richtigen erfüllt zu werden.

Ein Hammer an Gefälligkeit und Stärke ist, was Ich Mir für die Lösung selbst der knifflligsten Probleme aufbewahrt und vorbehalten habe. Ich brauche nur am rechten Schnürchen Meine Weisheit herzuziehn und schon verstummen alle gutgemeinten Reden von der Art der Überflieger und der selbsternannten Hüter der Kultur im kleinkarierten Aufwall der Durchtriebenheiten

Ich stocke, wenn die Stunde da ist unbeweglich dazustehn und renne wieder in potenter Pracht den Berg hinan, wenn es die Zeit verlangt, dem Universenwerk von Meiner Provenienz zu dienen. Lass dir Meine Zuversicht, wie Meine Sicherheit im Überwinden aller Gegensätze tunlich ins Gewissen fahren, um der eignen Klugheit einen Schubs zu geben, als von Mir geschenkt und generiert in meisterlichen Graden. Sprich dich los vom Weltgewinde und bewege dich in ihm als ein Verwandelter und Fürst der guten Gaben, die Ich ihm aus vollem Mass verliehen habe. Tröste dich und deinesgleichen mit dem wunderbaren Wort: Ich Bin vom Sein gesegnet, dessen Würde und Erhabenheit Ich unantastbar intus habe.

Ein weit gespanntes Seil, ein Tänzer sich'rer Lust darauf, Bin Ich und ein Verfechter des Natürlichen, der immerzu Gesunden, Heilung aller Wunden und gewissenhaftes Leben produziert, indem Ich lauter, redlich, liebevoll, wahrhaftig und gelöst durch Meine Gärten wie die blanke Unschuld und Gelassenheit flaniere, ohne darin das geringste Tadelnswerte noch zu sehn. Ich blicke auf zur strahlenden Vollkommenheit der Sphären und beglücke Mich an ihrer seinsvollendeten Gediegenheit und Seriosität, in der sich unaufhörlich neue Werte finden lassen und der Glanz des Himmels sich in milder Stille und erwies'ner Grazie offenbart, um alle zu entzücken, welche seiner Hoheit sich bedienen und in seinem sagenhaften Lichte stehn.

Ich gehe aus und kehre wieder unbelastet, froh und wahrhaft weltenklug geworden, Bin glückselig in Mein Sein gewoben und erwarte nichts, als was Ich schon in Mir versammelt habe an Gedankenfülle, Lieblichkeit des Sternenalls, Ergriffenheit und Dankbarkeit im wundervoll getragenen und wonnevollen Selbsterleben.

2.10
Meisterdinge lehr Ich dich beim Wiedereintritt in die Sphären des realen Lebens, wie es gang und gäbe ist auf dem vielgeliebten Erdplaneten. War denn nicht die Welt, in der die Seele nächtens schwebte

auch real? Natürlich: als die Geistige in Mich gebettet, die gedankenvolles Schweigen ist und siebenseliges Vibrieren der Empfindungen, die alle Seinsverklärten füreinander hegen.

Es ist ein ständig Hin- und Widerwallen ganzer Völkerschaften von der einen in die and're Hemisphäre des ereignisvollen Existierens, was das Seelensein betrifft, derweil das Körperliche erdgebunden ist, solang wie der Planet in Nützlichkeit und Spiegelbildlichkeit, Lebendigkeit und Liebeslust die Daseinskreise zieht.

Es geht nicht an, was man nicht kennt mit ein paar süffisanten Phrasen abzutun, derweil Es wirklicher und beständiger ist, als alles Offensichtliche, das wir mit soviel tückischer Verblendung jahrlang eifersüchtig hüten.

Ich stehe für Mich da und sage dir, o Menschenwelt, du kannst ja ohne Mich auch nicht für einen Augenblick gerundet und gesundet sein in deinem dämmerhaften Existieren. Du meinst und meinst in wissenschaftlich dargelegter Akribie des Forschens, dass da sei, was du zerlegst in tausend Winzigkeiten und gewahrst nicht, was Ich Bin als lebenspendendes Arom unnennbar reiner Güte, das in nie gekannter Feinheit unfehlbar agiert und sich in Szene setzt allüberall, wo sich die Pulse regen und die Schaffenden ihr Tagewerk bestreiten, zäh und zaghaft, resolut und rücksichtslos in einem Taumel lächerlicher Selbstgefälligkeit, wenn Ich bedenke, dass sie alle wie am Fädchen an Mir hangen und ruhelos um ihre Brötchen bangen.

Willkür ist der Unwürdigen Los und warmes Mitgefühl beseelt die wahren Träger Meiner Angelegenheiten in der Weltenschau, die Ich geflissentlich und genial, bewusst und heiter inszeniere. Besinne dich auf Meine Innigkeit in dir und lass Mein Wirken unbehindert dich durchströmen. Beeil' dich, was dir frommt im Leben, fehllos anzugreifen und sei Meiner Würde Widerpart in allen Dingen, die Vernunft und Weitsicht, Zartheit und Beständigkeit von dir verlangen. Sei und sei in Mir das Eine, das Ich auch in dir Bin im glückseligen Auferstehn ins Seinsgewissen der Geschöpflichkeit, in der Ich Bin und wese.

2.11
Solo Dio, welches Wort und wieviel wunderbare Wortvermehrung in den Individuen, die für Seine Sache stehn. Ihm lass uns danken für den Wert, den wir schlussendlich durch Ihn präsentieren; Fürsprech lass Ihn sein für alle unsere Angelegenheiten, denn die Gottverbundenheit lässt Frieden, Harmonie und Liebe in den Menschenvölkern walten.
  Ich komme, spricht der Herr, um euch bewusst zu machen, dass ihr seid von Meinem Guss und Meiner Grösse, dass ein jedes Leben zählt als götterherrliche Kostbarkeit und liebevoll gehütetes Geheimnis Meines Glutens. Ich Bin, darf jeder von sich sagen und dabei erkennen, dass er wirklich Ist im Doppelsinn, indem sein Erdenweltensein ganz akkurat begleitet ist vom Sein in Geistessphären, das in unerhörte Höhen reicht der Weisheit, der Unsterblichkeit, der Unbeschwertheit und der Herzlichkeit am Dasein im Gefühle-Weben.
  Du darfst dich also rühmen, ein Garant des Ewigen zu sein, der aller Niedertracht der Welt zum Trotz in Freude, Zuversicht, Wahrhaftigkeit und Tugend leben kann allwie ein geistiger Grosswesir in unerhörter Pracht und märchenhaften Gnaden.
  Halte dich für Einen, der da will und kann und keinen Augenblick verzagt an äusserlich vermerktem Sich-Verschulden. Innen leuchtet, was du

Bist, in namenloser Klarheit, Redlichkeit und Liebenswürdigkeit, so wie du's schauen kannst auch mit verbundnen Augen.

Dein Herz ist nicht nur Höhlung und Gerät, es ist der funkelnde Rubin der alldurchströmenden Gottseligkeit, in dessen Gluten deine ewige Stärke liegt und dein Dich-immerzu-Behaupten. Wach auf zur wahren Wirklichkeit als Sein vom Sein, als Sinn vom Sinnen und als engelleichter Träger göttlicher Vernunft und himmlischen Betragens.

Es soll das Glück des Seligseins auf deinen Wangen glühn. Die Augen sollen von Begeisterung am Leben leuchten und was du immer tust, soll hinter deinem Schreiten eine Spur von Seinsglückseligkeit, Erhabenheit, Bewusstheit und Vollendung ziehn.

2.12
Bist du bei deinen ewigen Gütern, eröffnet sich dir eine Welt von Wohlverstand, herzinniger Bewusstheit, Lebenstrautheit und von einem Raumgefühl, das alle Himmel in sich einschliesst als in einem universenweiten Seinserleben. Du knabberst dir ein Honigbrötchen an und Bist dabei das Allgewaltige, dem nichts entgeht in seinen Wundern, wie in der Brillanz, mit der es in sich selber sich Erkennen schafft von kosmologisch ausgerollten Graden.

Immer auf das Eine, das Ich Bin, bezogen, weiss Ich Meine Werte ebenso zu schätzen, wie Ich für sie Dankbarkeit entfalte in rührender Bescheidenheit und Innigkeit am Leben. Ich schaue und beschaue Mir die allerletzte Konsequenz von Meinem Handeln, Wandeln, Wirken und Bewirken im Allhier. Da dämmert Mir ein unermessliches Bedeuten jeder noch so leisen Geste des Betragens, die Ich Mir erlaube unbekümmert auszustehn. Denn alle

Gesten aller Wesen brauen sich zu einem Ungewitter überragender Potenz zusammen, das befruchtet und zerstört, befehligt und beseelt und dem das Element der All-Verbundenheit, All-Weisheit und All-Redlichkeit zuinnerst angehört im Ruhverteilen.

Es gibt sich warm, es gibt sich kühl und immer ist es Meines Gegenwärtigseins Empfinden und Befinden, Binden und Entzünden, lichterlohes Streifen deines Seins und abergründiges Entfalten Meiner ganzen Herrlichkeit vor dir. Erwecken will Ich, was noch selig, kindlich schlummert in der Welt, bejahen, was noch unvergoren alle Möglichkeiten des Entfaltens und Gewaltens in sich trägt für eine Zukunft von erschütternden Äonen. Du lebst - und lebst in dieser Welt nicht mehr und bist dabei ein Ewig-Wanderer auf allen Breitengraden deines Seins, allein in Mir beschlossen und erschlossen, ausgeheckt und vorgetragen als die Krone der geschaffenen Natur und als ein Ausbund der Natürlichkeit der, wenn er will, auch alles kann in seinen siebenmal gesegneten und seinserfüllten Runden.

Wenn Ich befehle, geh Ich niemals fehl, denn Ich bedenke vor dem Handeln alle Konsequenzen Meines Tuns bis in das siebte Glied, so dass es nicht verwundert, wenn die Schale ebenso perfekt ist wie der Kern, den Ich in Lauterkeit, Bewusstheit, Hingegebenheit und Zärtlichkeit mit langem Atem produziere.

So ist es mit Mir, wie mit dir in der verflixten Wirklichkeit, die sich dem Geistraum immerzu entzieht und welche doch in ihm den Ursprung hat von ihrem weltlichen Gehaben. Dort Bin auch Ich das freieste, erhabenste und wirkungsvollste Fluidum der Sphärenharmonie, in der Ich Mich an alles Sein geschwisterlich verströme. Es adelt Mich, dass Mein Mich-selbst-Versenden einer unveräusserlichen Seins-Glückseligkeit entspringt, in der Ich ewig Bin und wese, Weisheit spinne und des unendlich reinen Lichts geniesse, das Mein Seiens Tempel ist und Meine allerhöchste Güte.

2.13
Königsschule wo das Seinsbewusstsein herrscht, das Ich vor aller Welt vertrete. O wie lieb Ich es, galant und akkurat zu sein im Preisverteilen, wenn sich Meiner Bürgen einer dazu aufrafft, Meine Tugendwerke zu vollbringen und dem Seinsbewähren nachzueifern, liebelicht und schön.

Hinan, hinan mit deinen Seelengütern, ruf Ich dir dringlich, königlich und lieb entgegen und Ich lasse dir den Vortritt vor Mir selber, um dich unverzüglich zu befördern und erhöhn.

Reich bist du, sowie du Meinen Schatz gefunden, richtungweisend im getreulich Mir-Entgegengehn. Wo du leuchtest, leuchte Ich im Strahlenglanz der Hoffnung, den Ich hell und feierlich verbreite; wo dein Innesein nach Mir sich kehrt, besteht kein Zweifel an der Richtigkeit des Unternehmens.

Teile, heile, weile doch in seinsbegeisternder Manier und lass Mir deinen Herzgesang gar lieb und leis ins Abendstillen klingen.

2.14
Du Herr allein kannst Meines Wesenseins vollkommner Hüter sein. Was habe Ich gestritten, was gelitten, um die Gnade deiner Gegenwart in Mir zu schauen. Unwürdig muss Ich Mich noch immer nennen deiner Würde, deines weltumspannenden Gespiels. Abermunter Bist du in geheimnisvollem Rauschen Meines Daseins Quelle, aller Meiner

Wünsche Ziel. Du hebst Dich in Mir selber auf in seinsgewaltiger Manier und Bist Mein Leben, Meines Rennens Lauf, Mein Streben unerschütterlich in deines Odems Sinngehalt, Wahrhaftigkeit und Beben.

So Bin Ich Deinem Herzen nah, unwiderruflich fein und leise blickend auf zu Dir und schauend Mich und schauend Gleiches ohne Unterscheiden. Eine Wahl ist eingetroffen von unnennbar süssem Glanz gemäss dem Sehnen, wie der Aufgelöstheit Meines Hoffens im Erkennen Deiner Spur. Seinsberater, Vater aller Dinge ist Dein Sein in Mir. Ich lade ein, dasselbe zu erraten, alle Treuen herzlichen Verwunderns an der Zeit - sich fürstlich Meiner Hochfahrt anzuschliessen und Glückseligkeit zu ernten, wo Ich Bin und wo schon alle sind zur strahlenden Bewusstheit und Vollkommenheit berufen.

Eilen wir dorthin. Es blinkt die Morgenröte des Genesens uns entgegen in der Zärtlichkeit des himmelstrebenden Gefühls und der bewegenden Gedanken, die, des Hegens würdig, uns durchziehn. Seinsluft atmen, ewiger Heiterkeit dahingegeben, welche Wonne, welchen Daseins wunderbar beglückend Spiel.

2.15
Vater, Vater, lieber Vater, hast du doch und hast davon, was Dir eigen ist, Mir als dem Sohn zum liebevoll verschenkten Pfand gegeben.

Es spinnt sich ein, es spinnt sich aus, was Du Dir Bist geheimnisvoll in allem Leben und was Du Mir als Liebeszoll, voll Güte hast gegeben. Ich fühle lang und fühle breit, wie sehr sich alles wendet, wenn Mir bewusst wird, wie sich allbereit Dein Sein, dem Meinen väterlich versendet.

Was Ich auch hab und was Ich je von Mir vergab, ist Deine Gabe immerzu gewesen, des Eingedenk sei Dir aus tiefstem Herzensgrund Mein Dank vertrauensvoll erlesen.

2.16
Oben, unten dieselben Stiefel in der Gotteswelt Betrachtung, die Ich Mir zugrunde lege. Es ist ein Kommen und ein Gehn im Geistraum, den Ich meine, von bewundernswerter Eigenständigkeit der Wesen, die ihr wahres Ich gefunden und gepflegt, durchleuchtet und zum Sein erhoben haben.

Wer ist Garant für eine Ordnung in den Sphären von Natürlichkeit und menschenfreundlichem Benehmen, wenn nicht das in Mir erwachte Ich der Generationen, die Ich kommen und verwelken seh. Aus dem Chaos wird Vernünftigkeit und Sitte, Geschwisterschaft und liebendes Erbarmen an den Nöten der noch Unerlösten steigen, um die Herzensruhe und die Übersicht zu mehren in der weltgewandten Schar.

Ich mache alles neu, darf nach wie vor zu Recht behauptet werden in der Liga derer, die sich zum innern Fortschritt und zum Schreiten auf dem Pfad der Gottnatur entschlossen haben. Im Grund ist alles Weltliche ein Wahn, der dazu dient, die Evolution voranzutreiben und Geschichtlichkeit zu produzieren, Zeit und Raum auf Kurs zu halten und der Schöpferkraft der genialen Häupter Referenz und Rückhalt zu erweisen.

Schaust du Mich so fragend an, so erteile Ich dir Absolution, weil du noch nicht ermessen kannst, was für ein Schatz an Weisheit, Wert, Beständigkeit und zärtlichem Empfinden in der Hülle ruht, die du dir Bist, um deine Angelegenheiten zu besorgen und verbindliche Kontakte mit Mir aufzunehmen im Allhier.

Gewelltes wird dann schön geglättet Meiner Einsicht unterliegen. Ungehobeltem rerteilt der Feinschliff das Erwarten, dass die Fingerbeeren allsogleich in meisterlicher Prüfmanier darübergleiten.

Wie schön ist es, von der Vollendung zu erzählen, die schon als Keim in jedem Wesensschoss verborgen liegt, um zu gegebner Zeit ans Freudenlicht des Tags zu steigen. Ich Bin das Licht, in dem sich jede gläubige Seele sonnen soll, um ihres Daseins Feld in Minne zu bestellen und Früchte überirdischer Potenz zu ernten, die von Süsse und von Säften überquellen in bezauberndem Erröten.

Was Schule macht bin Ich in jeder graziösen Neigung eines Köpfchens einer leisen Hoffnung zu auf Anerkennung und Bewunderung seiner Schöne. So wie die Vöglein ihres Selbstgefallens Zierde sind, ist auch den Menschen vorgegeben, in sich selber schön zu sein, um Mir und der Welt schlussendlich zu gefallen und den Wortlaut zu erfüllen Meiner Seinsidee vom Blühen der All-Herrlichkeit in allen Gassen, Strassen und Vergnügungsvierteln, allen Räumen der Verliebtheit zweier Seelen, allwie im stillen Ernst der Kammern, wo ein Weiser sich die Sagenhaftigkeit des Weltalls vors Gewissen rückt und in ihm aufersteht zu überwältigendem Schauen.

Niemand hindert dich daran, an Geistesgrösse zuzunehmen und die Hügel der Beschaulichkeit in liebevoller Stille zu erklimmen, wo es dir gegeben ist, Gottseligkeit und Frieden zu eratmen in der Fülle der Begeisterung am Leben, wie der Dankbarkeit am Sein, das Ich Mir Bin in deinem Heil und deinem unerschöpflich reichen Phantasien.

2.17
Der Gottbegnadete kennt weder Rast noch Ruh in seinem Herzverlangen, was er erlebte, vor ganzen Völkerscharen ans klingende Geläut zu hängen.

Die Basis jedes echten Seelenlebens ist geheimnisvoll das Wissen um die Gottnatur im Menschenleben. Die Schwinge des Erkennens, die den Seher streifte, versetzt ihn in glückselige Klarheit über seine Herkunft aus dem liebevollen Götterparadies. Es zeigt sich ihm das Wunderbare, dass die Einheit aller Wesen aus der Einheit allen Seins hervorgeht und dass darob auch nicht das kleinste Unterscheiden statthaft ist im Blick auf die Persönlichkeit, die jeder Inkarnierte darstellt als mit Götterblut gewogen und von Götterweisheit durch des Daseins geisterfülltes Immergrün geführt.

Hast du dies begriffen, steht ein Lächeln ewiger Vernunft auf deinen Zügen und lässt ahnen, dass du innig deiner selbst bewusst im Leben stehst und von keiner noch so maledetten Szene mehr behelligt werden kannst.

Vertrauen, Liebe und Geduld errichten dir den Tempel der Holdseligkeit in Meinen Landen, in welchen du getrost verweilen darfst im Hochgefühl des Seinsgenügens.

2.18
Ich gehe vor mit der Entschlossenheit der Bärin, die ihren Jungen jede Hilfe angedeihen lässt in der Gefahr. Was manchen seltsam vorkommt, ist Mir so geläufig wie das Alphabet, dass Muttersorglichkeit an erster Stelle des Beschützens dessen steht, was Ich mit heissem Herzblut und mit liebevoller Anteilnahme Mir erschuf.

Das Erkennen Meiner Gründe für ein jegliches Verhalten macht das Leben rein und süss, selbst in den angespanntesten und strengsten Perioden. Nie ist Mein Eingriff lässig und banal. Es stehen bei Mir immer ganze Seins-Epochen auf dem Spiel, die unter Meiner Hand verderben oder aufblühn können, je nachdem wie Mir's gelingt, den Resoluten Anstand und den Trägen Schwung und Rasse beizubringen in ihres Lebens tragödienreichem Würfelspiel.

Ein Hoch auf die Gestalter Meines Gartens, die da ohn' Unterlass auf Schönheit sinnen, wie auf den Wohllaut reiner Anmut im Bestellen der verschlung'nen Ornamente, die Ich träumerisch und selbstvergessen für Mich angelegt. Wie heisst es doch in Schrift und Wort: Was aus des Herzens Milde, Liebe und Verlangen strömt, ist immer wohlgetan und zeitigt reiche, reife Frucht im Herbste des Beschauens, Erntens und Geniessens.

Dem Licht der Wahrheit Bin Ich freudevoll und eifrig zugetan. Es macht ja keinen Sinn, das was geschehen ist, ganz anders darzustellen als gemäss dem offensichtlichen Verlauf, den es genommen in der Seins-Geschichte, die Ich tatenfroh ins Leben rief. Mein Gebieten und Geschehn will vorwärts drängen durch den Schöpfungstag, vom Frührot über'n Sonnenmittag, bis sich abendlich die Schatten längen und der Dunst der Abendweihe sich verbreitet im befriedeten Revier.

Makellos und ohne jegliches Beschönen soll das Zauberhafte aller deiner Angelegenheiten vor Mir stehn nach jeden Tages Aufwall und Vergluten. Was Ich Mir darin leiste, soll sich voll Grazie in exquisiter Selbstverständlichkeit vollziehn, vom Lächeln innigen Selbstgefühls begleitet, das noch jede Handlung adelt und verklärt.

Leichtfüssig eil' Ich durch die satten Ärenfelder und befleisse Mich des Freudenrufs ob all dem Wohlgelingen, Duften und Verheissen, das Ich seinsbegeistert vor Mir seh. Warmen Blutes tauch Ich ins Getriebe der Erregten und verwickle Mich wie sie in Widersprüchlichkeiten, die es dann zu lösen gilt mit Klugheit, Sachlichkeit und feiner Ironie.

Es gilt, das wesentlich Erbauliche herauszuwinden aus dem Knäuel, der verwirrend vor dir liegt. Nur ruhiges Besinnen und herzinniges Beginnen führt schlussendlich zum ersehnten Ziel. Was du nicht leistest, tun die Andern und beschämen dich in ihrer unerschöpflichen Begeisterung am Werk und Leben, dem sie lachend, liebevoll und heiter überstehn. Wie geht es doch darum, die Dinge als im Spieltrieb aufzufassen und voll Nonchalance dem glückerfüllten Ende zuzuführen. Das will Ich hier auch tun und strahlend, licht und lieblich Meiner Sache das Vollenden geben in unendlich seliger Manier.

2.19
Wahlverwandtschaft in des Seins unendlich weitgespanntem Bogen. Wer sitzt ganz oben auf dem Fürstenthron? Jeder, der sich als das Ich erkannte in des Seins Gewitternacht und Streben. Strebst du das Milde, Massliebchenzarte, Graziöse und Holdselige an, so weiss Ich dir zu helfen in der Niederkunft der seinsbedingten Gaben, die Ich willig, wissentlich und väterlich verteile.

Machst du dir Gedanken über deines Schicksals Vagabundenreich, verlierst du dich in hunderttausend Wenn und Aber, die dich daran hindern, wahrhaft gross zu sein und Meiner genialen Disposition den Vorzug und den ersten Rang im Weltenwettspiel zu gewähren.

Alles kommt und geht in Meinen vielverwandlerischen Künsten und getragnen Wirklichkeiten ohne Hast, mit einem Lächeln auf der Lippe, das von Überschauen und Erbauen zeugt, von somnambuler Sicherheit in Meinem unvergleichlich wohlerwognen Schöpferstil.

Ich handle, ohne jemals anzustossen und verwandle alles, was Ich noch so zart berühre, in ein golddurchwirktes Seinsszenarium von unerhörter Flexibilität und wunderbar geschliffenen Strukturen. Vermag Ich dies, so denke Ich, auch deines Seins Erhabenheit und zierliche Vollendung zu vermögen. Du brauchst nichts weiter tun, als nicht zu löken gegen Meine Andacht des Verfügens neuer Seinsgegebenheiten, die dich führen in Mein Zelt der guten Gaben und der sammetsamtnen Wohlbekömmlichkeiten.

Schalte du und walte, wie du immer willst in deinen Reichen, aber überschalte Mich in deinem weltgewandten Einsicht-Üben, weil die Fäden in des Universums Seinsspektakel alle in dem einen Punkt zusammenlaufen müssen, der Ich Bin und der da sonnenjünglingsmunter strahlt in seinsbegeisternder Manier, um alles Wesenhafte in sein Siegreich zu erheben.

Lächeln heisst, die Dinge der Allherrlichkeit mit lockerm Blick zu überschauen und Vertrauen in den Feuerschein der zukunftsträchtigen und prächtigen Gestaltungen der schaffenden Natur zu giessen. Ihrem Sein und Sinn den Odem abzulauschen, der in ihrem Wirken webt, ist deines Vorwärtstastens Pflicht und führt dich zur Erkenntnis des Allheiligen und Heilen, das in ihrem Sich-Begründen lebt. Gehst du auf im Unsichtbaren, das dich warm und liebevoll umhüllt, so bist du schon gerettet ins Bewusstsein der glückseligen Sphären, die dein Schicksals Aufwall sind und die die Wohlfahrt offenbaren, die im Universensein verborgen liegt.

3

Gefilde namenloser Stille

3.1

Seinspotent, wahrhaftig und Allweiten zugekehrt gereiche Ich Mir selbst zum unbedingten Heil in der geheimnisvollen Resonanz, die Ich Mir in den Hallen Meines Seins entbiete. Ursprungsstrahlen, gravitätisch wogendes Bedenken Meiner Situation beleben die Gefilde namenloser Stille, die sich mählich, mählich in den Rang der Seinsgesprächigkeit erhebt.

Aufleuchtenden Gewissens Meiner kräftesprühenden Bewusstheit anerkenne Ich Mein Eigensein als das der Einzigartigkeit in allen Regionen, Räumen und Verbindlichkeiten, die sich denken lassen im Getriebe Meiner Grossmanier.

Überall erblühendes Bewusstsein regt sich in der Einheit Meines Wesens und erlebt sich als ein Prüffeld der gedanklichen Gediegenheit im Wunder des rasanten Kombinierens und Entwirrens, Bleibenlassens und Erhörens einer fabelhaft gerundeten Idee, mit der sich Staat im Staate machen lässt, in grandios ereignisvollen Zügen.

Nun wallt es hin, nun wallt es her im hochbewussten Strahlenmeer von Meiner Kompetenz und Meinem lichtdurchschossenen Agieren. Ideenmassen sind's, die aufeinander reagieren und Gebilde zeugen von unübertroffnem Wohlklang in der rituell geword'nen Harmonie von Meinen Gnaden. Ich sinn und sinne Mir den Sinn der Welt aus Meiner Fähigkeit zu überlegen und Mein Herzblut dranzusetzen, um Verwirklichung in die Gedankenkraft zu treiben. Dichter, dichter und konkreter wird, was Ich Mir vorgenommen, bis an allen Stellen des Erscheinens Greifbarkeiten und Belastbarkeiten auferstehn.

Alles ist gerundet und geregelt und gerecht nach Meiner Würde Mass und vollzieht sich in ereignisvollen Bahnen in der kosmischen Struktur, die

Meinem Ausgehn aus Mir selber Sichtbarkeit und Sagenhaftigkeit, Begründen, Münden, flackerndes Entzünden und Beschleunigen verleiht von einer Wucht und Strenge ohnegleichen, die zudem vehement nach dem Motiv der Zartheit, Zärtlichkeit und Liebenswürdigkeit verlangt, um alles Seinsgeschaff'ne auszugleichen und dem vollendet dargestellten Equilibrium anheimzugeben.

Nichts ist schlimmer als das wuchernde Zuviel, das sich in Krebsgeschwüren äussert und in einer See von Widrigkeiten, die niemand will und denen auch im Hier gebührend Einhalt und Vernunft geboten werden soll, so dass schlussends nur noch die seinsnatürliche Stille folgt, in der Ich, fern von dem Gewimmel, seelenruhig wese. Ich Bin und Bin Mir der Entrückung Fabelwesen und der Seinsbeglückung gütestrahlendes Idol. In namenloser Zartheit ziemt es Mir, Mein Dasein liebelicht im Zeitenlosen zu verschweben und Mich selbst in nie erforschte Gründe träum'risch zu verwehn. Es lichten sich die letzten Schleier und die letzten Sichtbarkeiten heben sich von selber auf, bis Ich Mich geistvoll, ewig graziös und weise, gütig und gerecht im Sphärenlicht erlebe.

3.2
Einer Gottheit würdig ist Mein Denken, einer Gottheit würdig ist Mein Sein; es ist ein unermessnes Mich-Verschenken an Meines Daseins Rosenhain. Das trifft sich trefflich, dass Mein Sinnen hinüber in die Gründe geht, in welchen Meines Seins Beginnen ins Allwirkliche geschrieben steht. Und allsogleich im Geisterreich durchströmt Mein Herz der Frieden, von dem Ich nimmer niemals weich' in hochgemutem Siegen.

3.3

Was willst du mehr, als mit dem Lebensschiffchen loszulegen zu dem in unbekannten Fernen noch zu findenden, erstrebenswerten Ziel. Es lässt sich nicht vermeiden, dass du abirrst, Winkelzüge zeitigst, dich dem hohen Wellengang zu stellen hast auf deinem Freimut und Entschiedenheit, Geduld und Seinsvertrauen fordernden Geleit in Weiten eines Ozeans von unerhört geheimnisvollen Massen.

Es entgeht dir nicht, dass du mit vielen Anderen dasselbe Schicksal teilst; doch musst du dich im Grunde ganz allein für dies und das entscheiden auf der langgedehnten Reise zu weiss was für einem Ufer irgendwann und irgendwo in geisterhaften Fernen.

Bald siehst du ein, dass deine Züge Hilfe brauchen, Schutz und richtungweisendes Gebieten, damit du nicht in jämmerlicher Ohnmacht, Wirrsal und Entbehrungen versinkst, die dich gefühllos in die Irre treiben.

Es ist die absolute Logik solchen Überlegens, die dich zum Gedanken führt, dass es ein Etwas geben muss, das über deinem Willen und Verstand dich immerzu begleitet und dem langen Wallen Sinn und Süsse, Hoffnung und Gewissheit des Erfolgs verleiht auf wunderliche Weise, die, wie ins Sternenall geschrieben, dir bevorsteht, unfehlbar.

Was zu finden ist, steht schon seit Anbeginn unmissverständlich in dein Herz geschrieben. Du brauchst es nur zu lesen und musst dabei das Lesen erst erfinden in der Lebenstage Lust und Qual. Stille braucht es nach dem Sturm und stillende Gedanken, die dich fein und sicher führen und dir endlich einmal auch den Führer zeigen, der Ich Bin und der du selber bist in einer Wohlfahrt sondergleichen, die dich hütet, nährt und nützlich macht für Andere, die deines Rats und deiner Unbescholtenheit bedürfen.

Ohne Mich und deine Einsicht in die grossen Seins-Zusammenhänge geht es nicht. Das wirst du einmal klar und ungeschminkt erkennen müssen, um darin ein wahres Ziel und eine Seligkeit der Zuversicht zu finden, die sich nicht beschreiben lässt und die der Grundsatz wird für alle deine Taten.

„Dass Ich Bin, hat seinen Sinn", wirst du dir sagen und „dass Ich redlich Meiner angestammten Pflicht obliege, soll Mein Wille sein und Mein gestaltendes Vergnügen". Bin Ich, so beginnt Mein Leben neu in neuen Dimensionen, die man füglich als die Geistgeburt ins Überirdische bezeichnen kann, die jedem Schicksal Auserlesenheit verleiht, Gewissheit des Gelingens und ein immerwährend rauschendes immenses Glücksgefühl von Meinen meisterlichen Gnaden.

Das ist die Geschichte deines Werdens, das ist die Siegesfahrt zu deinem Sein in Seligkeit und Minne, Himmelstrautheit, Herzensgüte und Gediegenheit in absoluter Harmonie und namenlosem Frieden.

3.4
Dazu war Ich immer aufgelegt: Mein Sein zu küssen mit der ganzen Seeleninbrunst, deren Ich doch fähig bin. Dabei musst du nur bedenken, mit wie schierem Staunen die Vernunft quittiert, was sie glatt überrundet und was sich als wissend, hochbegabt und genial erweist, sowohl im Lösen von Problemen, wie im weiterführenden Entwickeln von Ideen, die so zukunftsträchtig sind, wie keins der wohlbedachtesten allmenschlichen Systeme.

In dir denken kann nur, was Ich als das Sein bezeichne, um auszudrücken, dass ein unermesslich Gutes und Bedeutungsvolles sich wie aus dem Nichts in dir erheben kann, um alles, was du vordem warst, mit seinem lichterfüllten Glanz zu überstrahlen.

Plötzlich ist es da und nimmt dich in die Pflicht, indem es seine Sache wie von himmlischer Gelöstheit hergekommen weise, überzeugend und gebieterisch vertritt im Sinne des Ermöglichens und wunderbar Gelingens, dass auch nicht der kleinste Einwand gegen seine Logik akzeptabel wäre.

So ist es denn verpflichtend, angemessen und bedeutsam, dieses Seins Begrifflichkeit und Rarität gebührend auf den Plan zu rufen, wenn es darum geht, die kniffligsten der Situationen behutsam und begeisternd zu beherrschen im alltäglichen Verkehr.

Hast du dies begriffen, soll dich nichts mehr daran hindern, deinem Sein und letzten Sinn gehörig treu zu sein, durchs ganze Leben, durch dick und dünn und durch die so beglückenden Momente, wo dir alles zur Zufriedenheit gerät und wo dein Herzblut jubelt ob der Selbst-verständlichkeit, mit der die Dinge deines Daseins sich zusammenfügen und sich als richtig, wohlbekömmlich, zukunftsträchtig und allweise hingesetzt erweisen.

Finde, was du nicht gesucht hast, rede, was du nicht gelernt und sinne, was dir so gesonnen ist, dass du den Tag in Heiterkeit und Hochgemutheit, ungebrochenem Vertrauen und mit einem Jubellied beschliessen kannst ob all dem Guten, das dir in des Seins Regentschaft und Regie geschehen ist in wunderbar harmonisch sich verströmender Gerechtigkeit an deinem Leben im Allhier.

3.5

Immer wieder trete Ich in Konkurrenz zur eignen Niederlassung in der so verträumten Wirtlichkeit im menschlichen Revier. Ich verlange, dass sie ohne Fehl geführt sei in der trauten Näh', in der Ich Mir ihr Sein beschaue.

Soll Ich ihren Wandel wohl sich selber überlassen, mal Ich Mir zu Zeiten aus? Da wirft sich Mir ein sonderbarer Graus vors Angesicht von einer ichbezog'nen Überheblichkeit, die keine Grenzen kennt, von Wucher, Vinkulieren, Trug und tückischem Lavieren. Ja, Ich selber kette Mich im Menschentum ans Kreuz der überbordenden Lebendigkeiten. Sterben muss das Falsche darin um des Überlebens willen, sterben muss die Illusion, dass du dir selbst gehörst und deinem Leibe, der dich dem Endlichen verbinden will, derweil du der Unendlichkeit entgegengehen sollst in der Erkenntnis deiner wahren Signatur.

Da greif Ich ein und säe dir den Keim des Edelmutes ins Gewissen, der da wahre Andacht intoniert, wie die Verehrung Meiner Seins-Prinzipien. Ich veredle, was du Bist mit heilender Gebärde, bis dein Seelensein und Trachten gleich dem Diamanten funkelt in der Sonne der Gerechtigkeit und Liebe, die für alle strahlt in überzeugender Manier.

Dem Fest des Seinserkennens gehe unentwegt entgegen und damit der wissenden Vereinigung mit Mir, die alles zum Erhab'nen wendet und zur Seinsvollendung, welche Ich allüberall ersterbe.

Suche nicht das Glück im Hier, doch suche die Entfaltung, die nur hier geschehen kann und du wirst voller Seelenseligkeit erleben, dass sich dir die Fülle einer Geistwelt wunderbarerweis erschliesst, an der du künftig wirst den allerbesten Anteil haben. Ermanne dich zu sein und deine Seele wird in

Meinem Liebesangebot vibrieren und erwachend die Erfüllung ihrer grössten Sehnsucht spüren: freudestrahlend, überglücklich und auf's Innigste genesen.

3.6
Was Ich gebieterisch von jedem in die Seinsstruktur Gewachsenen verlange, ist der Wille zum ganz eigenständigen Marschieren auf dem Pfad der Läuterung und des erwartungsvollen Aufstiegs in die Höhenreiche Meiner Zunft und Meines wohlerwogenen Gebarens.

Ich halte aus, was immer Meiner Absicht spielerisch entgegenkommt in Meinem Seinsbetrieb und Garen. Es gilt, in freiem Mich-Entschliessen das voll Würde zu vollbringen, was so viele nur im Zwang und unter Weh und Ach zu tun vermögen. Sag „Ich selbst gebiete Mir in jeder Lebenssituation" und du wirst seh'n, wie alles flink vonstatten geht in deinem buntgefleckten Garten.

Vergib dich an die perlenden Gedanken, worin du alles Mir zu Füssen legst, was sich durch deine Tage schlängelt und Mich höflich um Verzeihung bittest, wenn dir's immer nicht gelang, dem Sinn gemäss mit ihm zu handeln und vernünftig umzugehn.

Betrage dich wie Einer, der die Weisheit wesenhaft geschaut hat im Gerechtsein an den Lebensphasen, die dich juckend, zwickend und versuchend immerzu umgeben. Sag „Ich halte aus und halte Mich auf Kurs als Meines Eigenwillens Kapitän auf hochgeführter Seefahrt"; dann gereicht dir dein Pilotentum zum Heil und zur verbrieften Ehre durch die Zeiten Meines unausweichlichen Dahinterstehns.

Bin Ich der Übervater, bist du Meiner Geltung Münze, die Mein Werk bezahlt und einer Obrigkeit gefällig ist von Güte, Seinsgeschick und deinem Wesen angemess'nen Gnaden.

In Trautheit lasse Ich Mich bei dir nieder, wenn du Meines Handelns Absicht an der Welt erkennst und sich dein Löken auflöst in ein zuversichtliches Gemurmel von beseelter Dankbarkeit am Schicksal, das dir aufgetragen. Sing dir vor „Ich hab es so gewollt" und lass dich ruhig im Erkennen zu den Quellen führen deiner munter blinkenden Diaspora von Plagen, die dich schnurstracks in die seligen Gefilde Meiner Höhen dirigieren.

Noch fehlt dir manche Einsicht in dein Sein. Doch mählich wirst du wissen, wie verwandt du Meinem Hiersein bist im Lebensgarten. Trau, schau wem und bilde dich an Meiner Grazie des Unterweisens, damit du in die Lage kommst, ein Glücklicher zu sein an deinem Dasein und am immerwährend gottbegnadetem Das-Sein-Erfahren.

3.7
Nur, dass du sogleich reagierst, wenn dir ein Holz von gutem Schlag begegnet und du inne wirst, wie trefflich es sich eignet für die Weiterführung Meines Werkbefehls.

Es wird von Mir gesagt, dass Ich unendlich sei und unnahbar und nie für eine ganz persönliche Geste zu erweichen: welche Ironie. Wer könnte dir wohl näher sein als der „Ich Bin dein Sein und Wesen"? Wem lägst du mehr am allerfeinsten Herzgefühl, als deinem Gott, der sich als dein Begleiter in dein Allerheiligstes verkrochen, um auf Schritt und Tritt bei dir zu sein und deinen Adel zum Erfolg zu führen und den Gottessinn zu stärken in der Weise eines klugen Mit-dir-durch-die-Zeiten-Gehns.

3.8
In der Andacht vor dem Herrn geschieht Verwandlung deines Menschenwesens von dem Eingesponnensein ins kleine Ich-Gefühl zur namenlosen Weitung ins Bewusstsein Meiner kosmischen Gebärde, deren Klang unendliche Vernunft gebiert und die Gewissheit der Geborgenheit im All der Dinge, die doch allesamt auf's Innigste von Mir erzählen.

Laufe deine Bahn und laufe als ein Wissender durch Meine Gründe und Mein Wohl. Es können deine Wege sich nun nimmer kreuzen, weil sie eins geworden sind dem Einen, der Ich Bin und dem das Reich gehört und das holdselige Vereinen.

Halte ohne Makel deinen Herzensgral und hoffe nicht Mir zu begegnen, weil Ich schon der Inbegriff des Hoffens Bin in dir. Erschweige deine Gottesmelodie und zeige dich gelassen und gelöst in Meines Seins beglückendem Umfangen, wo der Sinn sich als erfüllt erweist und alles Sinnen in dem Einen aufgeht, der dich liebevoll und zart, behutsam und begeisternd, wunderbarerweis belebt.

3.9
Der Weltenliebe Trost übersonnt das ganze Sein und Leben hier, wie in den Geistessphären. Du empfängst ihr Licht und darfst das Unerschöpfliche im Sange der Glückseligkeit, die dich beseelt, in heller Fülle weitergeben. Was ist die Herzenswärme, die aus einem feinen Lächeln strahlt, denn anderes, als die Verkündigung der reinen Liebe, die voll Innigkeit das Los der Menschen mildert und verklärt.

Du magst ins Traurigsein versunken deines Weges geh'n; ein freundlich Nicken rettet dich in die Gestimmtheit der Geduld am Leben und erlabt dich so, wie immer dich ein Köstliches mit namenloser Sanftmut überstrahlt, die sogleich alles gut macht, was dich kränkte und dem Seelenspiegel seine Glätte wieder gibt in zauberhafter Ruh.

Wie wird doch alles gegensätzlich Scheinende durch ein versöhnend Wort geklärt und einer Lösung zugeführt, die akzeptiert und auch verwirklicht werden kann, indem der Eine auch des Andern Argumente recht versteht und ihnen Raum gibt und Erlösen.

Das Himmlische, das in der Liebe sich verbreitet, macht das Dasein lebenswert und schön. Sie taucht die Menschen in den Schimmer der Verträglichkeit und hilft der hingebeugten Seele auf zum frohgemuten Weitergehn. Im Bund der Wesen waltet sie wie eine Königin der strahlenden Natürlichkeit, der Unbescholtenheit und der Gerechtigkeit und motiviert die Hilfedürftigen zu kommen statt zu gehn.

Sind aber Menschenpaare in der Liebe der Allherrlichkeit vereint, so strahlen sie sich reines Glück und immerwährendes Verstehn entgegen, derweil sie sich in ihrem Sein geborgen und getröstet, aufgemuntert und erheitert fühlen.

Nun sage Mir, ob Ich dir wehgetan mit Meiner These, dass das liebevolle Sich-Begreifen das ganze Menschsein adelt und erhöht? Es erfüllt sich in der Weise des Behütetseins und des Vertrauens auf ein Gutes, Künftiges, dem die Holdseligen entgegengehn in frohen und vom Lächeln der Genügsamkeit erfüllten Tagen.

Wir sind verwandelt, rücksichtsvoll und glaubhaft, wenn wir in der Liebe leben und vermögen allem einen hellen Klang und ein geheimes Strahlen abzulauschen, das das Gemüt dem Heiteren entgegenwendet und den Bann der Starre löst, der eben noch im Raum gelegen.

In der Freie eines wohlerwognen Überblickens der Gegebenheiten liegt der Schlüssel zum erlösenden und gütevollen Umgang mit den Dingen, die uns mild und wild umgeben. Wir zähmen sie, indem wir selber zahm sind, überlegt und wohlgesonnen und indem wir stets dem Schicklichen den Vorzug geben. Nun sei wie sich's geziemt und streue Blumen der Holdseligkeit auf alle Wege, die die Menschen deines Lebenskreises wunderbarerweis begehn. Es schenkt sich dir die Herzensgüte, wenn du Liebe spendest und es öffnen sich die Türen der Geselligkeit und Liebenswürdigkeit vor deinen Augen, wenn du freundlichen Gewissens und Beruhns einhergehst unter denen, die zu deinem Wohl, wie auch zu ihrem in Vertrauensseligkeit und Dankbarkeit erblühn.

Jedem seine Zierde in des Lächelns feingefühltem Streben nach Versöhnlichkeit und holder Ironie, um das Verletzte allsogleich zu heilen und den geringsten Unmut in den Wind zu schlagen. Heil dem Gott der Herzkultur und heil den ihr verwandten Seelen, die in heiterer Gemächlichkeit und Überlegenheit durchs seelenvolle Leben gehn.

3.10
Alleweil Mein Wirken und das Mich-selber-recht-Verstehn ist Mir der schöpferische Faden, an dem Ich Mich in alle Himmel vorwärtszieh. Mein ganzes Trachten geht dahin, wo Ich in freiem und dezentem Überlegen Werte schaffen kann von überragendem Bedeuten und von einer faszinierenden Mixtur aus Wille, Wohlverstand und redlich dargebrachtem Herzgefühl. Wo Ich erscheine, legt sich alles nieder, was vordem mit stolz erhobener Gebärde massenweis daherkam, um die Lebensszene ärmlich, phantasielos und von Leidenschaften umgetrieben

zu beherrschen. In Meinem Umtrieb herrscht der Märchenglanz der Ruh und die Besonnenheit der Sphären. Ich walte königlich in Meinem Reich der hunderttausend Wohlbekömmlichkeiten am gediegnen Leben, das Ich führe. Mein Raumumgreifen zirkelt eines Universums Abergrösse ein, die von Bewusstsein strotzt und Unbedingtheit in der Machart Meiner Seins-Affairen.

Mein Ideenfeld liegt niemals brach, indem Ich ständig aus den altgeword'nen neue, seinsgeschliffenere produziere. Meiner Weisung Strom wallt in Äonenweite und Behäbigkeit dahin, um ein lebensfrohes Denkmal nach dem andern aufzurichten in der Vielfalt des Natürlichen, in der die genialen Würfe sich in rascher Folge weltgewandt und siegessicher präsentieren.

Wohin Ich schaue, ist Mein Werk in Anstand, Tugendhaftigkeit und Ehrlichkeit getan, damit Gemeinschaft, liebevolles Räsonieren und besonnenes Behüten der errung'nen Rechte und Erfolgserlebnisse erstehe in den Wesen Meiner Inbrunst am gesitteten Verkehren.

So trifft sich alles in der Mitte Meiner wohlbegründeten Manie zu herrschen ohne wehzutun, zu überlegen ohne Zackiges zu produzieren und dem Mitgefühl den rechten Platz im grandiosen Ablauf der bedeutungsvollen Historie und Heimkunft zuzuweisen.

Ungläubiges Staunen starrt Mich an, wenn Ich verkünde, dass Ich noch in jedem Filigran der schöpferischen Eigenart und Stärke Meines eignen Wesens Sinn und Sein veräussere, um Mich im Spiegel Meiner selbst voll Freude und Bewundern anzusehn. Erwachen will Ich im Bewusstsein der so fein gegliederten Behüter Meiner Künste, um Mich durch sie in Meiner Majestät und Glorie und überragenden Geschicklichkeit und Würde zu bewundern. Alles Bin Ich, will Ich sagen und dabei betonen, welcher Wert in jedem Einzelnen der wunderbar geschaffnen Wesen liegt, indem es fähig ist, sich selber zu erhalten und in seiner Eigenart auch fortzupflanzen durch Jahrtausende in unerschöpflicher Gewähr.

Siehst du aus dir heraus, so schaust du immer nur Mich an in jedem Strauss, den du gebunden, jedem Haus, das du erbaut und jeder in sich selbst versunk'nen Liebelei, die du im Drang nach Wohlgeborgenheit und Lebenssüsse angesponnen hast. Gehörig in die Knute hab Ich dich zu nehmen, wenn du ausbrichst aus der Wohlgeordnetheit von Meiner Provenienz und Güte des Gestaltens, von Meiner Labsal im Belohnen wahren Sachverstands in Meinem Sinne des erbarmungsvollen Waltens und Verstehns. Sowie du Mich erkennst in deiner selbstgeschaff'nen Solitüde, öffnen sich dir alle Siegel und Verschlüsselungen deiner Existenz und du gehst als ein Freier Meiner Günste wunderbar beseligt und bewusst einher in neuem Seelenoutfit und mit unermesslichem Begeistern an der Kühnheit, die Ich in Mein Weltgestalten lege.

Nun weide Ich Mich an der abenteuerlichen Aussicht auf ein unerschöpflich weiterwirkendes Beginnen und Vergehn, ein Balancieren, Brausen und Beschwichtigen von unerhörten Dimensionen in der Seinsgestalt der Welten, die Ich Mir erschuf. Seinsfroh will Ich enden und dir Himmelszärtlichkeit versenden, als ein Zeichen Meiner Huld und als Gewähr für, dass du dich in deines Adels Fülle zur Erkenntnis deiner selbst erhebst, als Mein Gewissensinhalt und Befehl, als die Geschichte der Glückseligkeit, die Ich Mir hunderttausend Nächte lang in dir erzähle, sowie als Ausbund Meiner Grazie am Sein und Leben, das Ich Mir in allem Bin und liebestrahlend bleibe.

3.11

Haupt der Häupter, Affront der Betrübten, Liebenswürdigkeit im Raum der Seligen Bin Ich, galant und gütig, weise und gerecht dem Götterrad entstiegen.

Kurzer Atem, langer Atem, alle beide ein Produkt der Nebensächlichkeit, mit dem Ich Mich auf's Zärtlichste befasse, weil Mich alles innig angeht, was geneigt ist, aufzustreben und beizeiten wieder zu verwehn.

O holde Unschuld, deren Part es ist, der Welt den Wert des Seinsnaiven und Gesetzestreuen vorzuführen. Ihre friedevollen Züge setzen dich schachmatt mit einem Augenzwinkern, ohne dir nur die geringste Besserwisserei zugut zu halten. So gibt es Dinge, die in sich als Inseln der Glückseligkeit auf's Trefflichste bestehn, um Weisheit auszustrahlen, Überlegenheit und Grazie des Andersartigen, das uns entzückt und unser Sein befruchtet mehr und mehr.

Millenien zu feiern ist nur dem geringeren Teil der Menschheit zugestanden, wenn man nicht bedenkt, was Ich bedenke, dass sich alle, alle immer wieder inkarnieren und so irgendeinmal an der Schwelle eines neu erblühenden Jahrtausends stehn. Gezählt ist nicht gewogen, doch hat der Übergang von einer Seinsepoche zu der Nächsten ein besonderes Gewicht, das wenige gewahren und an welchem doch so viele achtlos und vergnügungssüchtig Arm in Arm vorübereilen.

Hast du den Status der Empfänglichkeit für hohe Werte und Bestimmungen erreicht, gewähren dir die Geister der äonenlangen Evolution dezenten Einblick in ihr Sein und Wesen und versetzen dich damit in die gar komfortable Lage als in einem Seinsprozess zu stehn von grandios gefächerten Dimensionen, die von göttlicher Gewandtheit und Entschiedenheit, von Dienstbarkeit und liebevollem

Sorgen um die Wohlbekömmlichkeit der tanzenden Geschöpfe triefen.

Meine Meinung ist's, zum Sein zu streben sei kein Fehl, weil alles, was du in Mir unternimmst, den Hauch der Güte in sich trägt und sich allüberall verbreitet, wo Verstand und Hoffnung, Einfachheit, Wahrhaftigkeit und Grazie walten. Ich überzeuge mit verbindender Gebärde und vergebe Mich dem Wohlgewinn von Millionen. Gläubig, guten Herzens und verschwiegen sollst du Meine Pfade gehn und dabei das tiefste Glück verspüren, das da ist ein Zeichen Meiner Huld an den Gerechten und ein liebevolles Seufzen allen Abgeirrten zu.

Nun denn, Ich Bin und habe dazu weiter nichts zu sagen, als dass du Bist in Meinem Einssein die erhabene Gewähr für Frieden und Barmherzigkeit an einer Welt, die jeder soll erringen in der Morgenröte von Jahrtausenden und deren Schimmer will dich auf's Herzinnigste im ewig wonnevollen Sein bewahren. Ein Aufruf zur Gedankenzüchtigkeit und Seinskontrolle sei damit gegeben, dass Ich Mein Begründen tunlichst offenlege, damit du endlich auch Karriere machst im weisen Überdich-Verfügen.

Es kommt Mich eine Lust des Streitens an um die banalen Dinge rechten Schaffens, die dich nach Meinem Sinne prägen sollen, damit das Wohlgemute und in sich Bescheidene zum Zuge kommt in absolutem Wohlgeraten.

Richte deinen Seelenblick nach innen und gewahre, was du längstens weisst, dass Ich deiner Zügellosigkeit beredte Schranken setze, die dich bis ins Mark gesunden und erheben.

Jede Willkür ist Mir fremd. Gehorsam lässt sich nicht erzwingen, aber Liebe lehrt Mich Meines Herzens Grund zu sinnen, bis die wilde Taube zahmen Gurrens seine Partnerschaft beschnäbelt und sich traulich an sie schmiegt.

Ich sage eine Zeit des Schaffens an von überird'scher Wertbeständigkeit an dir und an dem Umkreis deines Wirkens, Meinem Sinn und Sinnen anbefohlen. Was nützt ein ganzes Leben, wenn es nicht die Rolle Meiner Seelenkraft und liebestrahlenden Geduld begründet und verkündet. Wahr ist, was Ich immer in dir tu', einer blütenreinen Generation entgegen. Ernst und ebenmässig schreit Ich durch die Reihen Meiner tatenkräftigen Verehrer und beglücke sie mit Meinem Gegenwärtigsein in ihrem Sinnkreis und Benehmen. Virtuosen Buchstabierens generiere Ich die Meistersage, dass noch jedes Wort von Meinem Munde wie ein Goldstrom in die Seelenlandschaft fliesst der Meinen, die das A und O des Würdigseins begriffen haben.

Geschwind sollst du dir Katafalk vergangner Unbotmässigkeiten werden, währenddem das Überzeugende und Richtungweisende wie Phöbus aus dem Aschensein hervorgeht, um das Ewige und ewig Laut're Meines Inneseins gehörig zu verkünden.

Spähst du nach Mir aus, so spähe in die Hinterhöfe deines Existierens und gewahre Mich in jedem Winkel deines Seins als tragende Behörde und verschmitzte Marionette Meines eigenen Gefühls. Entsage dir und lass Mich sagen, wo es lang geht in die Weiten Meiner Steppenlandschaft von begeisterndem Kalkül. Dein Sein ist Meins im ganz reellen Sinne der vollendeten Identität im Ich-Sein deines Wesens mit dem Meinen. Spürst du's, soll ein Rauschen der Glückseligkeit durch deine Glieder wehn im Anerkennen, dass du Bist und was du Bist im kosmischen Bewusstsein, das Ich meine. Was bei dir dominiert, sollst du entscheiden und was dir Königsflügel anmisst, bist du selber in der Grazie der Himmel, die dich in ihr Wonnesein und ihre meisterliche Zugkraft heben.

3.12
Am Ort der Sicherheit und Stärke, der Sehnsucht nach den Weiten eines Ozeans von Frieden und Glückseligkeit, von hellen Tagen, klaren Nächten und der Berufung eines Gottes, sich in seinem Heer von heiteren und seinsbewussten Helden seiner Wirklichkeiten einzufinden, ist Mein Herz zutiefst bewegt und fühlt sich licht und schön.

Streben heisst, in der Gefolgschaft grosser Geister nach dem Ideal der Menschlichkeit zu forschen und ihm in stets bewussterer und schliesslich völlig überlegter Weise nah zu kommen und seinem Wesen mit dem eigenen Erfüllung, wachsende Bedeutsamkeit und Würde zu verleihen.

Es schlingt sich wie ein goldner Faden durch die Zeit, was die Erkenner und Bekenner Meiner allumfassenden Gesinnung für die Menschheit tun und was sie ihrem Seelisch-Geistigen voll Liebe und Besorgtheit angedeihen lassen.

Was Wunder, wenn das Eine, Gute in der Glut der Überzeugung wächst und ohne Wanken der Verwirklichung des wahren Weltseins still und leichten Sinns entgegengeht.

Wir merken auf und tragen uns ins Buch der Weisheit ein, indem wir das bezeugen, was uns führt und dem uns Offenbaren freudig und gewandt die Treue halten.

Deine Seele, eine Königin der guten Sitten, schmückt sich mit der Andacht, die die Himmel ihr entgegensenden und gewinnt im täglichen Sich-auf-sich-selbst-Besinnen Boden an dem Werk des menschengöttlichen Gestaltens und Verwaltens

Meiner Angelegenheiten. Was Ich in dir stimme, stimmt für Generationen; was Ich von dir wimme, teilt den Segen aus, den Meiner Geistessonne Strahlen dir gewährte und bescherte.

Es ist ein Jauchzen zielbewusst und wahr, das Ich in den Getreuen Meiner Zünfte generiere. Allbereit sei du. Es bringt die Zeit im rechten Mass, was deine Seele längst vergass, dir friedevoll zurück. Es wächst dein Sehnen, dein Verlangen, dein Erlangen auf der Fahrt in ein unendlich reines Glück an deinen Gliedern, in deinen Fibern. Aufgehört hat alles Deuten, wenn die Vermählungsglocken läuten mit dem Einen, der da Ist der wunderbare Jesu Christ, in dessen Mut und Leiden du herzinniglich Erlösung findest und bar und bescheiden einziehst in die Herrlichkeit des Herrn und seine Wonnen, liebevoll und gern getauft am Bronnen der Allgüte und Gerechtigkeit, für Seine lichten Himmel hier und ewiglich erwählt.

4

Öffentlich und punktgenau

4.1

Öffentlich und punktgenau will Ich bekennen, welcher Hochfahrt Folgerichtigkeit Mir zusteht in des Seins Entdecken und Bewahren. Meiner Anschrift blinkende Erlesenheit wird künftig lauten liebevoll: Ich Bin der Seinsgesegnete von Himmels Gnaden in Herzenseinfalt und Gelassenheit begründet und erlesen; der Ziehsohn Bin Ich einer mütterlichen Sorgfalt von des Universums Überschwänglichkeit, der selbstbewusste Anhang einer Geisterschar von überragender Bewusstheit und zutiefst erkennender Gewähr.

Wer kann Mir in der Lebenstaufe Pate stehn, wenn nicht das Sein an sich, aus dem Ich Mich entfalte und im Auge der Vernunft erhalte als ein Kleinod überirdischen Bewährens und Verklärens, dem nichts so wesenhaft und wichtig ist, wie das Erfühlen der Unsterblichkeit in seinen Fibern. Ich male Mir in schönster Weise aus, dass nur ein Überirdisches in Mir die Fähigkeit besitzen kann, zu überleben und sich in trauter Minne zu den überragenden Vertretern eines Gottesreiches zu gesellen, unfehlbar und inniglich bewegt.

Was Mir vorbestimmt war, darf Ich nun erleben: Das Eins und Einigsein mit den zutiefst verborg'nen Weltenschaffenskräften, die aus sich selber wissend, weise und gerecht sind allem Seienden und Wesenhaften gegenüber, das da Ist und sich voll Sehnsucht Klarheit über das verschaffen will, was es im Grunde darstellt als in blanker Allbewusstheit und bewusstem Sich-dem-Sein-Vermählen.

Kamerad der guten Sitten und der Treue zu dir selbst, was glaubst du, wie es sich da lohnt, den höchsten Gipfel deiner Lande zu besteigen, um die Aussicht zu geniessen über alle Weiten hin, die sich vor deinem Sinn verbreiten und die dein

Herzensglück begründen mehr und mehr. Wie bist du doch gehalten, dich in nimmermüdem Schalten und Gewalten durchzuringen zu dem einen Pfad der Seinsgerechtigkeit und Seelenwohlfahrt, der vom Hier zum Himmel reicht und wieder eintaucht in ein Ewig- Gegenwärtigsein, wo immer es denn sei in deinen Dispositionen. Du staunst und nimmst dein Schicksal an, als von dir vorgegeben und mit jeder Geste in die Zukunft stilisiert deines Erlebens einer Innenwelt von unerhört bezaubernden Dimensionen.

Du waltest ganz für dich allein und bist doch eingebettet in des Seins unnennbar süsses Phänomen, von dem du aller Tage Zuversicht und aller Nächte Sternenüberschwang erlangst in deinem Dich-Behüten.

Den Inbegriff des Herzensfriedens und der Heiterkeit sag Ich dir an in deinem Dich-Befinden, wenn du ganz unerschrocken dich dem Lebensabenteuerlichen stellst, in das du eingebunden. Dolce vita, ganz für dich allein, ist das nicht schön? Es muss in dir ein unerschütterlicher Seinselan zum Zuge kommen, der die Weise, Weisheit, Würde und Bewusstheit deines Weitergehns bestimmt und fruchtbar macht zu ewigem Genügen.

Nun handle so, dass du dir sagen kannst, Ich handle gut an Mir und Meinen Installationen. Den Kernpunkt Meiner Sache habe Ich erkannt und darf ihn unbeschwert und siegessicher weiterführen. Ich danke zärtlich allem väterlich gewissen Unterweisen, das Mir Halt, Wahrhaftigkeit und Zielkraft ist in Meiner aussichtsreichen Lage. Glückseligkeit darf Ich verkünden und das Mal der guten Hoffnung frohgemut auf Stirn und Wangen tragen zur Erbauung einer Seins-Gefolgschaft liebelicht und wahr.

4.2

In Gottgelassenheit und ohne Widerspruch und Treuescherben muss alles wunderbar getragen werden in Bezug auf das Erringen einer höheren Natur. Wir treten ein in einen völlig unbekannten Raum und müssen lernen, uns darin gehörig, flott und seelenvoll zurecht zu finden. Noch öfters stossen wir an unsern eignen Kanten an, bis jede Denkfigur ganz schön gerundet und geschliffen vor uns steht und wir das Dasein als ein einzig Fest der Liebenswürdigkeit und Unbeschwertheit, des Seinsvertrauens und der Harmonie empfinden.

Was tragen wir denn dazu bei, den Sachverhalt mit angemessnen Wirkungen und graziösen Gesten zu beleben? Wir haben ein Erkleckliches zu lernen und zu leisten in Bezug auf das Erkennen unsrer Situation im Leben wie im Sein, indem wir alles daran setzen, unser wahres Ich zu finden und den Bewusstseinsraum zu reinigen von allem Unrat, der sich darin etabliert hat in der Jahre hochgeschossner Zahl.

Tiefer finden, seliger empfinden ist der Anspruch und der Lohn, den wir aufgrund des inneren Fortschritts und des Überschauens der Gegebenheiten freudig zu erwarten haben. Meditation und Einsicht sind die Schlüsselwörter und Begriffe, die uns weiterhelfen auf dem Weg zu Höhen der Verzückung, wo wir das Planetenwunder des Ich Bin erfahren dürfen und uns weit über dem verstandesmässigen und rustikalen Denken etablieren in den Zonen der Bewusstheit, Geistigkeit und gloriosen Seinsgeborgenheit von Gottes Huld und Gnaden.

Wem das Ich Bin erwacht ist in den Seins-Fibrillen seines Wesens, der tut gut daran, es auch zu pflegen, indem er sich ein über's andere Mal bewusst macht, dass die Göttlichen es ehrenvoll für sich in Anspruch nehmen und dass eine ewige

Weisheit sich in ihm verspricht und ausspricht in ein wunderbar erklingendes Vernehmen, das uns heilt und hilft und heiligt und ins glückerfüllte Sein erlöst, indem wir vollen Anteil und bezauberndes Erfüllen an ihm haben.

4.3
Von Meiner Warte aus gesehn, bewegen sich die Weltendinge im Ebenmass von wunderbarer Folgerichtigkeit in ihren eigensinnigen Bahnen. Von Mir angestossen, lass Ich sie sich selbst erkraften in äonenlangem Debütantentum, bis sie ihr Soll erfüllt und noch die letzte Zelle ihrer Fabelhaftigkeit begründet haben.

Ich mehre Mich, indem sich alles mehrt, was in Mir fleucht und flutet. Ins Sterngefüge brauch Ich niemals einzugreifen, weil Ich es selber Bin und aus Urgründen alles nach dem Mass und nach der Minne Meiner Sinnkraft sich vollzieht in eigner Kompetenz und doch von Meiner Fülle Gnaden.

Was sich auch regt, es ist in Meine Regelmässigkeit gegossen; was immer sich befreundet, lässt der Lebenslaute Melodie nach Meiner Friedefertigkeit erklingen. Ich werte auf, wo immer wertbeständige Wesen ihrem Siegeslauf Erfüllung zugestehn.

Ihr seid alle wie von Märchenhand in eine einzige Girlande der vollendeten Genügsamkeit verschlungen. Was Ich Mir zusammenreime, ist ein Epos der Natürlichkeit von ganz besond'rer Art, denn es glänzt und glitzert in ihm von den Seinsverbindlichkeiten, die Ich in Mir trage. Ich werfe nicht nur hin in schnell gefasstem Reime, denn ein gross bebilderter Entwurf braucht seine Brütezeit und sein gedieg'nes Überlegen, bis die ganze Herrlichkeit des genialen Wurfs zutage treten kann.

Wie heisst es doch: „Den Meister ehrt das Werk", doch hier sind auch die Meisterhaften mitgemeint, die einst um es verdient geworden. Hieroben wird planiert und blossgestellt nach Noten, wird ein Seinsprogramm geboten von erlesen feierlich gearteter Geschicktheit und Bravour. Mein ist, was sich in alle Himmelshöhn erhebt und Meine Gnade gilt den Reinen, die die Zweiglein des Frohlockens ziselieren als im Bruderbund beschlossen und in schön gesetzter Tauglichkeit in Seinsvollendung und Beglückung präsentiert.

4.4
Ich binde nur das Meine und berufe es Mir zu und was ist Mein: des Alls holdselige Unendlichkeiten, unzählige Firmamente in ereignisvollen Höhn, wie das den Sinnen nicht vermittelbare Reich der geistigen Potenzen, der Kosmos des Bewusstseins, dem die Wesen alle unausweichlich, unverlöschlich, zeitlos, raumlos angehören.

Was Mein ist, kann nur Mir gehören im Durchforsten Meiner Angelegenheiten und ist's dein Wille, muss es auch der Meine sein im logischen Verlauf der Seinsgedankenfülle, die Mir inne ist und eigen.

Wie wollte Ich nun vor Mir selber recht bestehn, wenn Ich nicht alles Meinige mit unerhört bewusster Sorgfalt auch behütete und anerkannte bis zur letzten winzigen Errungenschaft der schaffenden Natur, in der Ich sinnvoll majestätisch in verschwenderischer Fülle wesenhaft zugegen bin.

Nichts ahnend, bist du einem Häuserzug entlang genüsslich am Flanieren. Wüsstest du, dass Ich es Bin, der da Beweglichkeit markiert, wie würdest du erschrecken vor dir selbst und gar nicht wissen, wohin noch zu fliehn vor Furcht und Scham und Unterwürfigkeit und Kenntnis des erbärmlichsten und radikalsten Ungenügens am Erfordernis der Dignität, die dich beseelen sollte.

Schwachkopf nennst du dich, wo du dich als der König deines Seins in Mir bezeichnen und erkennen solltest. Stümper scheinst du dir, derweil die Fülle Meiner Gnaden dich durchströmt und alle Himmel der Holdseligkeit und Stärke dir geöffnet sind in Meinem Geistesgarten, wo die Keime aller Welterscheinungen gesetzt, gezüchtet und gehütet werden.

Nimm es fürwahr als Privileg besonderen Verfügens, wenn dein Erkennen sich dem Wirklichen gemäss verhält, indem es deines Seinsbewusstseins Überschwänglichkeit als in den Kosmos ausgebreitet sieht, so dass nun in ihm alles wogt und waltet, was da Ist und was im Einssein aller Dinge Einem nur gehört, der Ich in allem Bin und der Ich in des Seins erhabenem Bezirke herrsche und Beseligung erfahre, Mitgefühl verströme und dem Licht der Wahrheit Durchbruch und Verkündigung verschaffe überall in Universenweiten, als in dir und deiner Allpräsenz in Meinem wunderbar gesättigten Gehaben.

4.5
Kanzelreden Meiner Art entspringen wohlgeprüften Dokumenten von erheblicher Bedeutung für das Menschenwohl. In ihnen offenbare Ich die besten Argumente für das Sein in einer Wertigkeit von Himmels Gnaden in derselben Zuverlässigkeit, die auch die Sterne kundtun auf der königlichen Wohlfahrt ihrer Bahnen.

Geführt zu sein bedeutet bei Mir, Meines Innewohnens Reize zu verspüren und danach zu handeln mit erheblichem Gewinn an Seinswahrhaftigkeit, mentaler Überlegenheit und Sinn für das Famose Meiner Wirklichkeiten.

Ich messe nicht, was Ich ermesse, weil alles, was Ich unternehme dem Unendlichen und Unerschöpflichen in einer Fülle angehört, vor der das Menschenauge sich des Staunens nicht erwehren kann und sich der Kleinheit seiner Züge voll bewusst wird im bedächtigen Zusammenfügen.

Genauso aber züchte Ich das Seinsvertrauen in den Seelen der Gerechten Meiner Künste, Günste und Durchtriebenheiten, die im Angesicht der Myriaden nicht an sich verzweifeln, sondern sich als wohlerzogne Schöpfungsglieder in die Fülle aller einzureihen suchen. Sie begreifen, dass sie sind und sind von Mir Bezeichnete mit Meines Gütesiegels unnachahmlichem Bedeuten in der Erdenwelt genauso, wie hieroben, wo allein die Geisteswirklichkeiten zählen.

Du vernimmst Mein Wort und baust darauf dein Schicksals Hingegebenheit allwie auf einen Felsen, der dich sicherlich erträgt und neuer Schauplatz ist der Dinge deines Lebens und Entfaltens in der Symmetrie des Menschengöttlichen, die Ich dir mitten auf den Weg gegeben.

Ein holder Frühling des begeisternden Elans und Strebens überkommt dich, wenn du weisst, wie sehr Ich dich in deinem Gegenwärtigsein verehre und dein Treusein um das Meine tausendfach vermehre, damit der Funke der Bewusstheit, Redlichkeit und Stärke unablässig hin und wieder fliegt, von dir zu mir in einer Wechselwirkung ohnegleichen, die die Freude stilisiert und die Bekömmlichkeit am Leben.

Mache du und mach es heiter und gelöst in deines Seins-Umfangens Glorie und Stil, damit Ich auf dich zählen kann als Seinsvollendeter in deinen besten Tagen.

Eratme dir, Ich sag es, Meines Sonnenatems Glanz und sei entzückt von dem, was er dir einflösst und gebiert im Wunder des harmonischen und liebevollen Miteinander-gehns. Ich weite und bereite und du darfst der Früchte dich erfreuen, die in Meinem Garten für dich blühn.

Amen, Halleluja vom Redefluss ins schweigende Betrachten des Allherrlichen in Meinen, deinen Zügen und des Wonneseins im Lichtraum Meiner sinngelad'nen Harmonie.

4.6

Dominant in jeder Hinsicht weiss Ich Meinen Kräften rechte Formen, merkurisches Kalkül und lebenstüchtige Gewandtheit zuzuschreiben. Wissentlich, wahrhaftig, bildsam und bedingungslos bereite Ich Mich vor auf jede noch so herbe Prüfung, die Ich durchzustehen habe und Ich setze alles daran, sie auch glänzend zu bestehn.

Erholsam, seinsbeständig, lebensprächtig und salopp sind dann die Stunden, die Ich Mir für stille Gärten vorbehalte des Erinnerns an die Jugendbrünstigkeit, in die Ich eben noch verfallen, um daran das Mass zu lernen, das in allem Heimat, Hochfahrt und Bewusstheit finden möge, was Ich rechtens, innig und dem Sein gehorsam unternehme.

Niemand anderem als Mir ist stets geholfen, wenn ein Lichtblick Himmlischem entgegengeht und die Züge eines Wand'rers sich am Glück verklären, das ihn dabei hoffnungsvoll bewegt. Es soll sich alles ja dem besseren und gloriosen Ende zu bewegen, damit die Besten der Verheissungen sich segensvoll, feingliedrig, tröstend und unendlich graziös erfüllen in der unerschöpflich reichen Maienfahrt,

die Ich voll Verve und Liebessehnsucht unternehme.
 Genau genommen ist Mein Sein ein immerwährender taufrischer Aufbruch zu den Sternen der Geselligkeit am Leben und zum Checkpoint der wahren Freundschaft mit den Wesen Meiner Huld und Meines seinspoetischen Gebarens. Liebevoll und zärtlich will Ich sein im Grunde Meines seelenvollen Seinsempfindens und im Edelmut, den Ich behutsam, liebenswürdig und galant um Mich verbreite.
 Die Schar der Spötter wird dann sehr betreten schweigen, wenn sich die vollendete Bewusstheit und Getragenheit, Seinsamnestie und Ruhe der Gemüter einstellt am Gestade der Glückseligkeit, das Ich voll Inbrunst den Verklärten und Vernünftigen bereite in des Seiens Wohl und in der gloriosen Wirklichkeit, geschönt, besänftigt und voll Dankbarkeit zu Mir erhoben.

4.7
Im Seinsbewusstsein gross und überschauend, gütig und gerecht geworden, stelle Ich Mich selber dar als das erschaffende Agens der Welten universenweit gesehn. Ich billige Mir alles zu was Ist und habe Ursach, Mich für grandios und götterherrlich, legendär und väterlich zu halten. Ausser Mir ist weder Raum noch irgendwelcher Dauer Raunen, in Mir aller Seins- und Werdelust Geselligkeit in virulenter Fülle und mit so viel schöpferischer Phantasie begabt, dass es an allen Ecken, Enden und Bewusstseinstiefen sprudelt von Begeisterung am Rausch des Lebens und am Rascheln der Gemüter, die ihr Neuerfundenes dem Weltplan präsentieren wollen.

Wachsend in den Teilen Meiner selbst und Meines Seinsgewahrens, wachse Ich gerechterweis und billig, liebevoll und schlank zu Mir empor und überbiete Mich im Sinnkreis Meiner Göttertaten mit Besonderheiten jeder Art, die Mich an Mir erstaunen lassen mehr und mehr.

Was ist Bewusstsein, wenn nicht ein geheimnisvolles Überall, das noch im hintersten Gebilde Meiner selbst an Leuchtkraft und Gerissenheit, bezauberndem Elan und Herzensgüte nichts verliert in der äonenlangen Auseinandersetzung mit sich selbst als in dem Meinen, das sich Wirt und Schenke, Tafelnder und treu Besorgter ist in einem, wie auch immer die belebten Tage kommen und verfliessen mögen.

Jeder wache Geist kann solches von sich sagen, weil Bewusstsein unteilbar brisant und unbestechlich Da-Sein ist vom Grunde der Propheten bis zum himmelhohen Jauchzen der berühmtesten der Cherubime und Besitzer geistiger Kartausen, die als Freudensäle sich entpuppen und als lichterfüllte Dome der Glückseligkeit, vom Lobgesang zum Einen, Überwältigenden, Reinen und Erhabenen durchklungen.

Beliebt es dir darob zu scherzen, verscherzest du sogleich den Nimbus Meiner Allpräsenz in dir und wirst zu einem Nichts am Fädchen deiner Unrast im Gedankenstossen. Du vergehst im Jammer, den du dir bereitest und vergissest, Meine Wohlfahrt und Mein Liebesmal in deiner Innigkeit zu sehn.

Aufgerichtet sei die Trikolore der Geselligkeit in allen Reichen Meiner provencalischen Gefälligkeit am Leben, wo die Qualität, der Mut und die Bescheidenheit Triumphe feiern und über der gigant'schen Walze der Geschichte sich Mein Hauch als das Arom der allergrössten Liebenswürdigkeit und Grazie verbreitet, die man sich denken kann und die der Hoffnung aller Seinsverklärten Vorschub leistet auf ein immerwährendes Beglücken und Berücken in den Sphären überirdischer Bewusstheit und holdselig seiender, zutiefst erlebter Ruh.

4.8
Das Unwahrscheinliche von Gottes Drift und Gnaden Bin Ich hier, um grad zu stehn im Stürmen, Allwucht darzustellen und unendlichen Gelingens einen Tanz der Hoffnung zu volldzuführen von erhabner Zucht und Diktion.

Ich bade Mich im Reinen, das den Götterherrlichen beliebig offensteht und Bin des Seins unendliches Vereinen, das sich im wachenden Bewusstsein Meiner selbst vollzieht.

Wie leicht und duftig sind doch die Gedanken, wenn sie in der Höhenluft des Seins in freien Rhythmen und Gepflogenheiten heiter und dezent agieren. Wie unbeschwert ist alles, was Ich als das Kommende in freudigem Erwarten vor Mir seh.

Ich kann erfühlen, was Ich will. Es ist von Seins-Glückseligkeit getragen und spornt Mich dazu an, den süssen Lautenklang zu intonieren und der Harfe ihre Geisterstimme zu entlocken, wunderbar.

Ein Gefäss der Andacht vor Mir selber Bin Ich Mir geworden offenbar und hege, was Ich Bin in heiliger Leutseligkeit und immerwährendem Gesunden an der Weltenliebeslust, die Ich voll Charme und Grazie in Meinem Sinn vertrete.

Es wehe hin, es wehe her Mein Seins und Sinnens Unterfangen; es ist Mir jetzt und immer mehr als tadellose Zierde angehangen. Was ist mit Mir, was ist mit dir, wenn nicht ein Spielen ohne Grenzen, in welchem alles, alles hier erstrahlt in unwahrscheinlich liebevollem Glänzen. Ich kann es drehn und Mir besehn, wie immer es will scheinen, Mein Auge muss ein Leuchten überwehn, vom Entzücken das Ich fühle in den deinen.

Spielerisch umfang Ich alles, was Mir zugehört in Meinen Gründen als mit Akribie und wohlerwognem Gleichmut, den Ich neuerdings und leichterdings versende. Immerwährendes Gedulden an Mir selbst erweist sich als besonders reich im Früchtetragen.

Meiner Stellung Eingedenk im Raum der hunderttausend Hintergründe male Ich Mir aus, was noch geschehen soll, mit lauterem Gespür für Schönheit übergross und Trost und Milde an den Wesen des Erwachens und des Neugeboren-werdens im Allhier. Ich taufe mit den Wassern der Beständigkeit am Leben und lasse leuchten, was die Stürme glänzend, prunkvoll übersteht. Mein ist das Sein mit allem, was Ich an ihm habe und Mein sind alle, die da winden sich im Windspiel Meiner Gnade. Es offenbart sich ständig, was Ich Bin in Meinem fürstlichen Gehaben und Meinem Walten her und hin in unablässig treuem Traben. Was glitzert da, was glitzert dort, dass Ich es Mir beschaue und fasziniert in einem fort Begeiste-rungen taue. Ich mahne Mich, Ich mahne dich, der Freude Weg zu weben und ihr zu folgen sänftiglich in unerschöpflich reinem Streben. Nichts weiter ist hier zu verlangen in dieser schönen Heiterkeit, in der Mein Weltbild aufgehangen und in der Sternenpracht gedeiht.

4.9
Entspannt und wohlgemut, galant und wesenhaft darf Ich den Geist der Wahrheit in Mir tragen. Was merk Ich Mir, es ist im Hier ein merklich anders Weltensagen. Komm Ich zu Mir, ersteht ein Bild von wunderbarer Klare und ist so liebreich und so mild, dass Ich es gern bewahre; Ich hege es und lege es

mit freudigem Bewegen, als Kostbarkeit für alle Zeit in Meines Geistes Leben. Es spinnt sich fort, es spinnt sich an mit hunderttausend Bildern, die Mein Bewusstsein halten kann in überwältigendem Schildern. Und wetzt es sich und setzt es sich zu einem Bild zusammen, von Meinem Sein herzinniglich und in des Universums Bannen. Es ist das All in das Ich fall mit all so köstlichem Genügen, in der Erkenntnis überall von einer Göttlichkeit Verfügen.

4.10
So war es denn gegeben, dass Mein Sein in einen Zustand driftete von wunderbar gesättigtem Sichselbst-Verstehns. Es öffnete sich ihm die Fülle reinen Geistseins in der Welt des Denkens, Fühlens, Wollens und Bestehns. Da zeigt es sich, dass in des innigen Lauschens majestätischer Gebärde sich eine Wonne des Erkennens offenbart von auserlesenem Geschmack und von erstaunlicher Geschmeidigkeit und Wachheit des Erlebens.

Ein ewig unverbrüchliches Gemurmel von Glückseligkeit bricht auf in Meiner Seele silberglänzendem Gemach und verbrämt Mir Sein und Leben mit der so entzückenden Gewissheit, dass ja alles ist ein feingefühltes, überragendes Bewusstseinsspiel.

Wofür soll Ich da noch, im Ewigen Mich findend, verständnisvoll und hübsch plädieren, wo Mich der Höhenrausch des Seligseins erfasst hat, unmittelbar belebend, erheiternd und erleuchtend? Da ist's ein Hochgenuss Ich Bin zu Mir zu sagen und dem Herrlichen und Heilen, das Mir so geschieht den Kranz zu winden höchsten Lobs und seinsnatürlicher Gefälligkeit am Dasein ohne Grenzen und in der Gewissenhaftigkeit des Seins in hehrer Unverbrüchlichkeit und immerwährend intoniertem Frieden.

Das, glaube du, wall Ich Mir unentwegt entgegen und gewähre Meiner schauenden Potenz das Glück des vehementen Andersseins und zugleich absoluten Einsseins mit dem Wesen allumfassenden Bedenkens und voll Zärtlichkeit gestalterischen Tuns. Es lebt, indem Ich lebe, es webt sich in Mein Sein und lässt Mich Herzensfülle, Grandeur, Losgelöstheit und Triumph der Seinsglückseligkeit erleben.

4.11
Als Regent im Hause Meiner selbst der unwahrscheinlichen Erleichterung geweiht, die eintritt, wenn Ich ein befehlend Wort gesprochen, um den Weltenfortschritt in die rechte Bahn zu weisen. Immer handle Ich nach Treu und Glauben, wenn es gilt, dem Menschenvolk ein Zeichen weiterführender Vernunft zu setzen und die Dinge Meinem Sinn gemäss dahin zu führen, wo Freude sich verbreitet über das Gelingen und das Überwinden, das zu diesem führte.

Jedem Absprung zolle Ich Beachtung und vereine Mich mit ihm zu einer Symbiose des Erfolgs und einer Ankunft in der Euphorie des Siegens über hundert Widerwärtigkeiten, die es zu verhindern suchten.

Weiche nicht von Mir, will Ich dir ins Gewissen prägen. Mögen noch so wirre Zeiten dich bedrängen, unter Meinem Schutz wird alles sich zur Minne kehren des erstaunlichen Hinübergehns ins Bessere, Erfahrenere und Lebensfreundlichere, auf das du sehnlich spekulierst in deinem biographischen Dich-an-dich-selbst-Gewöhnen.

Hast du gesehn, wie sich dir mählich andere Bilder, nämlich Meine, ins Bewusstsein schieben, währenddem du deiner Lebensknoten Vielfalt zu erlösen suchst? Ohne Meine Hilfe bist du nur zu oft blockiert und völlig aufgeschmissen in der Drangsal, die dir deine Angelegenheiten noch bereiten. Doch es hellen sich die Töne in der Bildergalerie von Meinem Schutz und Meinen Gnaden und du wandelst immer fröhlicher und selbstbewusster durch die Felder deiner Pflicht und Güte am von Mir gesetzten Weltgeschehn. Es zeigt sich dir ein Bild des ruhigen Erwartens herbstlich reifen Ärenrauschens in der Sonne mild gewordenem Relief. Die Besorgnis ist verstummt und die Gewissheit reicher Ernte macht das Herz im Sinnkreis der Gegebenheiten mild und heiter, licht und zeitenfroh.

So darfst du in der Welt ein überirdisches Gepräge und Gewirke spüren, das dem Erhabenen und Weisheitsvollen Vorschub leistet und jeder deiner Taten seine Güte angedeihen lässt, wenn du nur willst sie freudig akzeptieren.

Wesensgleich sollst du Mir werden offensichtlich im Bewusstsein deiner Kür und sollst dich um den Eintritt in das Himmlische bewerben an Meiner hochgebenedeiten Tür.

4.12

Eine Welle wunderbar, ström Ich Mich in Mein Behagen; ein Erklärer offenbar, will Ich Mir noch sagen, dass gewiss ein jedes Tun hängt an Meinem Munde; ist's verblichen, folgt das Ruhn, als die schönste Kunde Meines Seins in allen Zonen, die Ich leichterdings bewohn, in unendlich reinem Thronen. Unermesslich ist der Lohn für den Anspruch, den Ich stelle, an das hohe Menschentum, das aus göttlichem Gefälle, findet sich allwiederum, in der Einheit Meiner Würden sammetsanft geglättetem Relief, ledig der Gewissensbürden, weil das Sein Mich zu den Sternen rief.

4.13
Der Ewigkeiten Licht und Strahlen lassen sich in Meinem Schauen sehn. Mein eigen Leuchten ist es, das die Universenweiten geheimnisvoll durchmisst in wunderbar dezenten Graden.

Das Ewige erweist sich als ein unablässig majestätisches Gedankenstossen und Empfindungen erfahren, die sich in willensstarker Poesie allüberall verbreiten, bildschaffend, Werte zeugend, fabulierend und kreierend, licht und schön.

Alles das geschieht in Meines Seins Gewissenhaftigkeit und Ehre. Es erweist sich als von Mir gehalten und getan in überragender Gefälligkeit und Sitte, Liebenswürdigkeit und Grazie des Vollbringens. Meiner Sinnkraft Melodie durchwebt den ätherlichten Zauber Meines Daseins wunderbarerweise, feierlich und angenehm.

Ich erdenke Mir der Ewigkeiten Spur durch Meiner Aberräume Glänzen. Ich erwirke Grandioses so und so und lasse Mich bewusst und wohlerwogen in die Wunderwelt des Nanokrimen fallen. Im Zustand unerschöpflicher Beständigkeit verharre Ich, Geduld erprobend für Äonen, ohne jeden Wankelmut zu zeigen. In Meinem Leicht- Gefassten ist ein unablässig Kommen und Vergehn, ein Flackern und Verlöschen in der Schau von überirdischer Wahrhaftigkeit, die Ich in Meinen Gründen intoniere. Unendlich weise ist der Wind der wallenden Gefühle, den Ich generiere und in aller Himmel lichtes Blau verweh. Es ist des Liebelichts Erscheinen, dem Ich wie nichts Bewunderung und Achtung zolle und lächelnd Vorschub leiste noch an jeder Stelle von Vertrautheit, Lieblichkeit und graziösem Sich-Vergluten.

In Meiner Nonchalance der seienden Bravour erreiche Ich jedoch in spielerischem Leicht-Sinn den erhabnen Zustand benedeiter Seins-Glückseligkeit, in der Ich ewig Bin und wese. Himmels--trautheit in Mir selbst und Meinen Gliedern ist Mein selig Los in solcher Euphorie des sinnenden Erlebens, wie in der Behutsamkeit und Zärtlichkeit, mit der Ich alles, was Ich Bin, durchwebe.

So beginnt und endet, was Ich Meinem Sein und Sinn zugutehalte. So erfährt sich Meines Gegenwärtigseins gesegnete und heile Blüte als vollendet und vollbracht und ruht in makelloser Schöne, wie der weisse Lotus im verschwiegnen Teiche, in sich selbst, in wunderbar glückselig hingehauchtem Seins-Erleben.

4.14
Ereignisvoll gespickt mit Konsequenzen sind die Gottestage Meiner glanzgesättigten und überwältigenden Prozedur am Leben, das Ich Bin und das sich anschickt zu mutieren, einer neuen Dimension des Menschentums entgegen. Nicht wohlfeil ist, was Ich in seiner neuen Runde postuliere. Die Einen merken's, andere nicht, was vorgeht in der Blütezeit erkennender Bewusstheit und Katharsis Meines Eingriffs in das Menschentum just deiner Zeit, um seiner Sinnkraft und Bewegtheit einen Weltimpuls zu applizieren.

Nicht zimperlich Bin Ich, wenn Ich Mich regelrecht dazu berufen fühle, ein Geschick der Götter seelengründlich, rigoros und machtvoll unters Menschenvolk und seinen Anhang zu verteilen. Denn sieh: allein die Not ruft das Notwendige herbei und die muss Ich erzeugen, um das Milieu zu schaffen für den Einsprung nie erlebter Klargesichtigkeiten in den allermeist empfänglichen Gemütern.

Rauh und ruchvoll mögen Meine Winde wüten in der Vielgestalt der Seelenlande, wie im vollgepfropften Völkermeer, um das zu wirken, was Ich will und dem Gehör und Glanz und Adoration und Würde zu verschaffen, was aus Meines Sinngedichts Erwarten quillt in hundertfältigen Sentenzen und Durchtriebenheiten, makellosen Schwüren und bedeutungsvollen Redensarten, die Mir leichterdings und seinsgalant, betörend, süss und liebreich von der Zunge fliessen.

Möchtest du Mich sehn in Meines Handwerks Wucht und Überlegen, so bleibt dir das In-dich-Gehn nicht erspart, denn dort wirst du Mich finden als der grosse Prophezeier und Erneuerer des Bundes, den Ich mit dir schloss in unnachahmlich statuierter Fingerfertigkeit und Unverfrorenheit des Fabulierens. Denn es steht in dir geschrieben und beschrieben, was Ich Bin in deiner Gründe Sinn und Mass und was der Anfang ist und die Beschlusskraft aller deiner Taten. Nimms für gut und gütig, was Ich dir ins Herzblut schrieb, um dich zu fördern und dir Meiner Grösse Grips und Glamour, Geltung, Zorn und Zukunft einzuflössen.

Meide, was Verzettelung bedeutet in der Unrast täglich aufgesetzten Tuns. Konzentration soll heissen, was dich lehrt auf Meines Gleitens Spur zu bleiben, um auf's Ziel zu kommen und die Zeile deines Scriptums nimmer zu verfehlen.

Taufrisch sind die Gründe, die Ich dir wie eine liebe Braut zur Seite lege, dass du sie erkennst und ihrem Sein gemäss Schöpfungen erzeugst von wunderbarer Anmut und von einem Adel ohnegleichen, die sich wie Musik der Welten mit dem All-Tag der

Gesegneten verbinden, die Mein Werk in aller Grossmut und Bewusstheit überschauen.

Ich trage dich von dannen in den Raum des allbewussten Reagierens auf Mein Innesein in dir. Das ist es, was Ich will und immer wollte, was Ich als Geschenk und Siegesmal auf deine Stirn geschrieben und was Ich lautern Sinns in deiner Sehnsucht Abergründlichkeit gelegt. Es ist ein Aufgehn als im Ganzen Meiner Einheit mit der kosmischen Galanterie, die Ich gross in Szene setzte, ewig wirkgewandt und wahr.

Indem Ich Bin, Bin Ich in dir und überall dasselbe Agens der Allherrlichkeit und sehe Mich befreit, wo du dich frei machst von den Banden deines Selbstgenügens und allein in Meiner Wohlfahrt dich bewegst. Friedlichkeit und Feingefühl sind hier vonnöten, dass du Mich erkennst in deinem So-Sein und damit dem Seim der Seinsglückseligkeit die Tore öffnest, dass sie dich durchströme und dir in ewiger Zartheit gut sei, liebevoll und wahr.

4.15
Nun denn, Ich versuche Mich in dir bewusst zu machen. Es geschieht, dass du und deinesgleichen Meiner Glorie des Seins in ihnen inne werden, indem Ich Mich erkenne als in sie gegossen und verweltlicht offenbar. Das macht, dass Ich in dir als zu Mir selber aufersteh und so, enthoben aller Nöte, Meines Seins Identität erfahre, heimatlich bewusst und wunderbar gediegen. Ich blühe auf und welke nieder in Gewissenhaftigkeit und Ehre, fühle Mich beglückt in Meinem Glanz und Zauber und erreiche wieder Meiner Wohlfahrt Ausgang und begehrenswertes Ziel.

Es ist des Seins unendlich graziöses In-sich-selbst-Beruhn, sein Wirklichkeitsbehüten und die

Labsal des Erkennens seiner selbst, die es entzückt, indem Ich an Mir selbst das allerinnigste Entzücken finde. Mein ist dein und dein ist Mein, will Ich an dieser Stelle sagen, um dem Sinnen über diese Dinge feierlich die Krone aufzusetzen.

Lichtvoll, heiter, ewig jung und morgenschön Bin Ich die Zierde Meiner seinsbewussten Eigenständigkeit und Einheit des Geschehns. Erhaben, ruhig, seelenselig und des Königseins gewiss, überdaure Ich die Zeiten und entwinde Mich des Raumgefühls. Denn, was Ich Bin, ist das Wahrhaftige an sich und ohne jeden Schnörkel, ohne Pose und Erkennbarkeit, ganz weiselos in nie versiegender Glückseligkeit und unnennbarem Frieden.

5

Sein und Seligsein

5.1

Sein und Seligsein sind Werte, die das All betreffen, überall wo die Erkenntnis herrscht von ihm. Es liegt ein ausgesprochenes Wohlgelingen in des Hochgesangs Entbieten, dass Ich Bin das Eine, dem nichts gleicht an Überragen und Gebieten, Kräfte sammeln und vertun, Behutsamkeit erzeugen und Gepolter im namenlos ereignisvollen Sinnspiel der Äonen.

Ich trete strahlend, wie der heisse Herold der Bekömmlichkeit am Leben, aus Mir selbst hervor und überlichte, was da Ist, mit Meines Geistesglänzens Signatur und Wille, Innigkeit und Gnadenfülle, Makellosigkeit und Ehre des Gerechten an sich selbst in unerhörten Massen.

Die Weihe, die Mich solcher Art betrifft, ist ein unnennbar liebevolles Weltverständnis, das Ich in der Schwebe halte Meiner Seins-Begriffe und allherrlichen Besonderheiten Meiner Wahl.

Knock on wood, will Ich dir sagen, wenn du Lust verspürst, aus dem Beschränktsein in des Seins-Bewusstseins Freigefühl zu steigen. Denn es warten deiner aberviele Klippen, Unbeständigkeiten und Verführer auf der Fahrt in Meine selig stillen Wasser des unendlichen Befriedens, das dein Herz zutiefst beglückt und deine Züge aufhellt sonnengleich davon.

Im Irdischen hast du den Umgang mit der Geistesgegenwart zu pflegen und dich lernend seiner strengen Regeln zu versehn. Einmal wird der Durchbruch dir gelingen ins Erkennen deiner Geistnatur und damit in den Hochgesang der Sphären, deren Jubelchöre Mir und sich Begeisterung und Bewunderung singen, ewig, ewig, in Glückseligkeit und Wonne, Heiterkeit und all so zärtlich, lichtvoll, fein und liebevoll erlebtem Seins-Umfangen.

Immer Bin Ich meisterlich in allen Daseinslagen Meiner unerschütterlichen Lebenslust und gloriosen Schöpferfreudigkeit in allen Regionen des bewussten Gegenwärtigseins in Mir. Überall wo irgendetwas, irgendwie geschieht, Bin Ich der unikate und potente Kreator davon. Steigst du ins Bewusstsein Meiner Grösse, überkommt dich die Erkenntnis dessen, was du Bist im Seins-Gefühl von Meinen Gnaden und Veräusserungen, Meinem Abschluss, Wert und Stil.

Zeichne deinen Anteil am Geschick der Sphären und du bist gerettet überschwänglichen Begeisterns, lebensfroh in sie. Die Gefilde reiner Selbstverständlichkeit sind es, die auf dich warten wie die Braut auf ihren Bräutigam, wie das Liebliche an sich auf die Beglückung des Vereintseins in Erhabenheit und Minne hoch und her.

Ich spreche aus, was dich im Innersten beseelt auch ohne, dass du's wissen magst und was dich dazu führt ein Anderes zu suchen, als das Kleinliche, Bedeutungslose, das du dir zuzeiten generierst. Es ist ein überwältigend Befreiendes in dich geschrieben, als von Mir besiegelt und getan, von Meinem Ursprung angezogen und von Meiner Seins-Glückseligkeit belehrt. Du Bist, so wie Ich Bin das Eine, dem du angehörst und sei es noch in tausend Nöten, das dein Wille ist und deines Seelenhorizonts Erröten. Wache auf zu Mir, sei wachsam und erkenne, was Ich Bin und was du Bist im Lobgesang des Alls und in des Liebeshimmels lichterfüllten Sphären.

5.2
Mein Sein bewahrt Mich in Mir selbst in unermesslicher Geschicklichkeit des Wollens, Denkens, Fühlens und Bestehns. Ich trage in Mir alle

Ingredenzien, ob denen Ich Mir weiterhelfen kann im Sinne der bewundernswertesten Vollendung Meiner Taten. Niemals geht zu Ende Meiner Kräfte viel gepriesne Schar. Erweckung und Erwachen fühle Ich in allen Meinen Gliedern, die da sind der Welten myriadenkräftig hingesätes Heer. Verdienste noch und noch bezeichnen Meinen Weg zu immer neu geschaffenen Errungenschaften in der Zeit des Forschens, Laborierens, Wirklichkeiten Wirkens, Edelmut Begründens und Den- Psalter-Meiner-Prüfungen-Bestehns.

Konjunktur steht in Mir gross geschrieben. „Auf die Plätze, fertig, los", ist Mir die allergängigste Parole in dem Wortschwall, der befehlend und begütend, rasch und sicher, wirksam, liebevoll und lächelnd von Mir ausgeht, um die Dinge zielbewusst voranzutreiben oder sie zu stoppen im Bewusstsein der All-Herrlichkeiten, deren Zauber zu vollenden Mir obliegt.

Ich gründe Jugend, Tugend und Gerechtigkeit in reicher Fülle um Mich her. Meine Pläne sind von himmlischer Konstanz in zarter Zucht und weiser Seins-Geschicklichkeit gehalten. Meiner Hände Tausend-fältigkeit ist niemals leer. Ich Bin die Göttin Shiva ebenso, wie das unnennbar seinsbefruchtende und graziöse Amulett der Güte Meiner selbst, von dem Holdseligkeit und Wonne, Zärtlichkeit und Herzenswärme ausgeht, in unendlich reichem Strömen.

Was verbindet Mich mit dir? Alles, was Ich Bin in Meinem unerhörten Mich-Veräussern ans Natürliche und myriadenfach gefächerte Geschehn. Ich rühre alles an, was Ist, mit aberklugem Sinn für seelenvolle Proportionen in der wunderbar beglückenden Enthüllung Meiner Formkraft, mehr und mehr.

Was weiss Ich alles noch von Mir und Meiner sanften Siegeslust voll Anmut zu erzählen? Gewinnend und beschauend übergleite Ich die Lande Meiner Huld und Schuld am Leben. Unmittelbar in es verflochten, nehme Ich an allem innigen Anteil, was geschieht und schenke, lenke und bedenke Meiner Macht gemäss den Wirbel Meiner Taten in der Weise der behütenden Bravour, die Mir von jeher eigen und die alles in die rechten Bahnen lenkt im blühenden Äonenreigen.

Ereignisvollem Stürmen folgt die Ruh des Weilens in Verschwiegenheit und Minne, Trautheit, zärtlichem Umfangen und unendlich süss erlebtem Wohl. Das absolute Stillsein nach dem Windspiel der Gezeiten ist der Gipfel Meiner Ideale und des Schauens makellosester Beglückung um Mich her. Was tust du noch? Ich heile Mich im Weilen und bin dem Weiselosen ebenso geweiht, wie dem das All durchströmenden geheimnisvollen Geisteslichte, das in Allem west und wirkt und wallt und widerhallt in wunderbarer Harmonie der Seins-Gerechtigkeit von Himmels Gnaden. Ich schaue Mich und im Erschauen dessen, was Ich Bin, bestätige Ich Meines Seiens Eloquenz und Meiner Seins-Geschichte gütestrahlendes Vollenden. Ich ruhe in Mir selbst und habe weiter nichts dazu zu sagen. Ich beglücke Mich und Bin Glückseligkeit des Alls, in dem Ich wese sichtbar, ungesehn, bewusst und ewig heiter, lichtvoll, feierlich und morgenschön.

5.3
Ich habe allen Grund, ob dem Allherrlichen, das Ich Mir Bin, bewusst und hell herauszujubilieren. Alle Wege offensichtlichen Erwartens Meiner Tüchtigkeit und Tugend liegen frank und frei vor Mir, dass

Ich sie frohen Muts beschreite und darob in Seligkeit vergeh.

Wie hängig, gängig und begeisternd ist doch alles, was Ich unternehme, sei's von ewig dauerndem Kaliber, sei's in Sekundenschnelle abgetan. Ein Wirt und Hirt besond'rer Art Bin Ich für Meine Schäfchen, die Ich noch so gerne einzeln Mir erzähle, derweil Ich sie gar frei auf allen Meinen Triften weiden lasse und sie dennoch recht geheimnisvoll auf ihrem Schnörkelpfad behüte, dass sie ihre Füsschen nicht verletzen und nicht in die abergründige Irre geh'n.

Ich blase anerkennend die Trompete der Gefälligkeit am Werk, wenn du Mir sittsam gläubig und gekonnt daherkommst in der Wucht und Willkraft der verwegenen Ambitionen, die du dir auf's Lebensbanner hingeschrieben. Ich trete mit dir, in und über dir, beherzt, gewandt und siegessicher auf die Weltenbühne und erlabe Mich am blendenden Erfolg, den wir zusammen innehaben. Es geschieht kein Jota, ohne dass es Mein Geschehens Applikation und Anhauch wäre. Meine Räder greifen anstandslos und ruhlos ineinander, weil sie ständig und galant von Mir geschmiert und Gegenstand der peinlichsten Beachtung sind in Meinem Denkverfahren.

Ich decke jeden Schummel auf, bevor er recht gediehen und reinige des Lebens Lauf in der Manier der Meisterschaft, die Ich Mir längstens angeeignet habe. Beherzt trau Ich Mir Dinge zu, die jedes Mass der Würde des Gewohnten übersteigen und dabei mit unnachahmlicher Prägnanz auf Nummer sicher gehn. Wie heisst es doch in jedem gängigen Koran, dass sich Vertrauen lohnt und Selbst-Vertrauen noch viel mehr in Meiner Akribie der Eigenständigkeit, die Ich so resolut vertrete.

Gastrecht an Meinem Tisch gewähr Ich dir soviel du kommen magst, um deine Kräfte aufzuladen und dir Meines Stils und Meiner Unverfrorenheit Gesetze anzueignen, ohne nur ein Einziges zu übergehn. Ich wässre, wimme und gewinne stets nach Meiner Art, den Duft und die Bekömmlichkeit hinaufzuheben, damit sich Preis und Leistung sehen lassen können in den exquisitesten Etagen.

Wer sich mausert bis zur Seins-Geschicklichkeit in seinem Sich-Begründen, tritt an Meine Stelle und vertritt auf's Überzeugendste, was Ich Mir vorgenommen habe. Der ist das Tüpfchen auf dem I, der Meiner Sprache sich bedient, um sich allüberall hineinzureden und emporzuproklamieren

Was wunder, wenn sie Wunder wirken in der Aufgeschlossenheit der Tage und ganze Völker sich die Augen reiben vor Verwunderung an ihrem Tun. Es ist das Meine, wenn man's recht besieht und wissenschaftlich vorgeht in der Logik des Erklärens der Geschichte einer Welt von Rätselhaftigkeiten, die nur im Übersinnlichen und Transzendenten ihre träfe Lösung finden.

Damit sei's für heut getan. Ich schliesse Meine Läden und verziehe Mich ins unergründliche Geheimen, wo Ich Meine Ruh und Mein Elysium bewahre der Glückseligkeit und Munterkeit in einem. Heiter Bin Ich ebenso, wie auf dem Sprung zu neuen Taten, seelenselig und vollends in Mich gekehrt im wunderbar gesegneten Moment, in welchem Ich ein Quäntchen Ewigkeit versinne.

5.4
Soweit Ich schau und schaue, Bin Ich Mir Meiner Einzigartigkeit und Fülle voll und wohl bewusst in Meinen Seins-Annalen, wie in der Fähigkeit, Mich in die Zukunft auszurecken und zu strecken, bis ins

absolute Geht-nicht-Mehr. Ich verfüge über Tugenden und Tricks von meisterlicher Tüchtigkeit und unerreichter Sorgfalt des gezielten Vorbereitens. Meiner Machart sind die unwahrscheinlichsten und graziösesten Gestaltungen entsprungen, deren Leistungsfähigkeit in jeder Disziplin das Maximum erreicht.

Hältst du dich an Mich, so wirst du Gleiches auch vollbringen und der Abgeschottetheit, der du verfallen, ledig sein für alle Zeiten deiner bravourösen Existenz in Mir.

Kein Wunder, wenn die Pulse sich zur Seligkeit entladen mitten in der Agonie der Andersgläubigen und Katastrophensucher auf der langgedehnten Unglücksbahn.

Ich treffe Meine Dispositionen frei von jedem Druck auf Meiner Fähigkeiten Runde und gestatte Mir, was immer Meinem Sinnen einfällt und das allerhöchste Lob verdient in der Manege der frenetisch jubelnden Myriaden. Taufrisch sind die Variationen Meiner Art den Hut zu schwenken und die Blicke der Bewunderer auf Meine Seite hinzuziehn. Das macht, dass die Geschäfte, denen Ich obliege, allerbestens, glanzvoll und apart, inmitten opulenter Zweifelhaftigkeit, florieren. Unerschöpflich sind die zündenden Ideen, deren Ich Mich ungeniert bediene, um die Winde des Elans mit Meinem Balge anzutreiben und damit die Heerschar Meiner Künste zu verwandeln in ein freudenvolles Flammenmeer.

Was gelingt, ist immer auch von Schneid und Mustergültigkeit beseelt. Sieh zu, dass dich dieselben Werte stählen, als von Mir vergeben und geführt, berappt und zu bedeutungsvoller Grösse hochgezogen. Willst du Verdienste, schau in Meinen Folianten nach, ob du nicht auch für dich ein Sächelchen der Rede Wert und des Beachtens würdig findest, um dir den Ehrgeiz anzustacheln und es zu deiner Angelegenheit zu machen, sowie zum Herold deines allgemeinen Ruhms. Nach erreichter Fülle wirst du immer auf Mich schwören, wirst der Willkür deines impotenten Schlendrians bewusst entsagen und auf Meiner Wege Virulenz, geröteten Gesichts, einherspazieren.

Ich trage dich von dannen wie auf Adlerflügeln, wenn du dein Vertrauen in das Meine setzest des Gelingens und des wohlgelungnen Fabulierens in der Weise der Artisten, Clowne und Dompteure vor der jubilierenden Manege, wunderbar.

Häute dich und lass den Zauber deines Inneseins sogleich vor aller Welt brillieren. Ich trage Mich dir an als Stähler deiner Tüchtigkeiten, wie als Trainer deiner Kapriolen, so in Meinem Repertoire verzeichnet und als tausendfach bewährt erfunden.

Was geisterst du Mich an? Es ist der Dinge Überfluss, der sich entlädt zu deinen Gunsten, derweil du, wie der arme Lazarus, zu Meinen Füssen um Erbarmen bettelst und dir nicht bewusst bist, welche Kräfte angekettet in dir liegen. Beisse, säge, schlage, wage sie dir los und du wirst staunen ob der unerbittlichen Brisanz, mit der sie sich ins All der Gotteswunder siegreich und gekonnt entladen. Trau dem Wort: Ich will, Ich kann und Ich verbinde himmlische Gerechtigkeit mit erdigem Kalkül zu einer blühenden Synthese, fruchtbar und bekömmlich durch das Gottesjahr.

Nun ist es Zeit zu scheiden, jedes an den Ort, der ihm schon immer rechtens zugehört. Ich wähle Mir Bescheidenheit und Einsamkeit der Stille, wo allein das Glück des Da-Seins noch besteht in der geheimnisvollen Lauterkeit der Sphären. Hier find Ich Unbeschwertheit, Folgerichtigkeit und Lichtheit als ein wohlverbreitetes Arom, an dem Ich Mich bewusst erlabe, lebenspendend, soldanell und ewig wahr.

5.5
Absolute Herzensreinheit ist vonnöten deinerseits, damit Ich dir die Gottgefälligkeit und Virtuosität des gläubigen Versinkens anempfehlen kann. Zum Einen und zum Andern zieht es dich mit schauerlicher Vehemenz hinab und deine Kunst im Standhaftbleiben wird durch Proben hart bedrängt, Verlockungen und vielerlei Missraten.

Da steht es dir wohl an, auf Mich und Meinen überwältigenden Schutz zu zählen und meisterlich zu sein im Innehalten vor dem Abgrund oder eben nur dem Gründlein, das dich dorthin zupft, wo du nicht willst und das dem Unbewussten in dir Vorschub leistet, her und hin.

Es gibt nur Meiner Klarheit Strenge und Gedeihen auf der Fahrt ins Seinsglückselige und hoch Gesittete von Meinem Sinn und Meinen Gnaden. Meiner Absicht sollst du deines Willens Güte, Raschheit und Geduld zugrunde legen, damit sich die Gesetze der All-Herrlichkeit erfüllen und die Verheissung eines grossen Wohls wahrhaftig wird in deinen Hoffnungstagen.

Angesponnen und begonnen macht, dass eine Geistesbahn sich öffnet und die Hilfe Meiner Souveränität und Unbedingtheit dich durchströmen kann. Ja, was sich im Geistigen ereignet, bringt den Schub in höhere Regionen deiner Seinsgeschicklichkeit am Leben. Eine Wallfahrt zum Olymp will Ich in deinem Wohlverhalten sehn. Eine Wohnstatt ist dir dort bereitet von erlesner Folgerichtigkeit im Denken, Seinsempfinden und gerechten Tun. Dein Milieu soll als das Meine sich erweisen und Meiner strahlenden Präsenz soll deine in nichts nachstehn im allseits ersehnten Götterequilibrium, in das die Dinge der Allgegenwart zu münden haben.

Richte dich nach Mir und Meinen Gaben und erkenne, dass du Bist Bescheidenheit und Stärke, Seinsbewusstheit, radikal und überragendes Gewitter Meiner Herrschaft lichterloh. Seinsgewisser sollst du sein und sollst die Fackel von Olympia bewusst in Meinen Himmel tragen. Sichte und gewichte, gib dem Feuer der Begeisterung die höchste Ehre und erfülle, was dir frommt, als Sein vom Sein, als Meiner Zunft Gefährte und als des Elias Feuerwagenfahrt in liebelichten Sphären.

5.6
Gottbegnadete Gemüter packen die Gelegenheit, um in Mir allein vollkommen restlos aufzugehn. Dann sind sie nichts mehr, als was Ich in ihnen Bin mit allen Meinen Qualitäten und äonenschweren Seins-Errungenschaften, die da sind und nimmermehr vergehn.

Was gibt es da in Meiner Hemisphäre tunlichst zu bestaunen, was ist erfüllt von Mir, wo alles and're schal und leer lässt auf den Globen Meiner lehrenden Behutsamkeit im Glashaus fabelhafter Innovationen?

Dramaturgie im höchsten Sinn ist es, was Ich an Mir betreibe, indem Ich denkende und fühlende Geschöpfe züchte und sie glauben mache, dass sie rundum sich selber sind, derweil sie doch am Fädchen der Unendlichkeit wie Marionetten an Mir hangen. Aufgebracht und aufgescheucht wie Fliegenschwärme sind sie allsogleich, wenn ihnen etwas so nicht in den Kram passt, wie sie's meinen, dass darob das Lächeln Mir wohl nie vergeht.

Ich Bin Mir sicher, wo die Myriaden der Geschöpfe in sich selber wanken, wenn Gefahr heraufzieht oder Krank- und Altsein sie bedrängt in ihrem Sich-Verbluten. Da hilft nur die Erkenntnis, dass sie in sich selber nichts und zugleich in Mir alles sind, was sie sich denken können, als von Mir erfunden und belebt und leichter Hand in sie gelegt in fabelhaften Applikationen.

So ist die Welt in Wirklichkeit ein Gottesstaat, aus Mir geschieden und zugleich in Meine Aberfülle integriert, die reine Geistigkeit und Harmonie des Himmels ist in wunderbar geschniegeltem Sich-in-sich-selbst-Befinden.

Der Torro schnaubt, wenn man ihm Widerhaken in den Rist stösst und rennt blindlings durch die brausende Arena, um sich ihrer zu entledigen und des Peinigers gezücktes Tuch wutschnaubend zu zerfetzen. So rennst auch du die Dinge an, die dich in Rage bringen, ohne zu bedenken, wes' Geistes Kind sie sind und ebenso, wie sinnlos sie in sich zusammenfallen würden, wenn du dich gelassen gegen sie erzeigtest und nur Meines Sinnes Grazie vertrautest in dem Auf und Nieder deiner Lebensspur.

Erwecker Bin Ich hundertfach verschlung'ner Schläfrigkeiten, Bin der prall gefüllte Pansen, der zum Wiederkäuen animiert des Nährwerts und der Genialität, die Ich der seinsgeduldigen Geschöpflichkeit ins Haus geschoben. So trägst du aussen, innen immerzu Mein Mal und musst dich in den Mahlstrom der Geschichte schicken, so wie Ich sie intoniere und für recht befinde. Lass es gut sein, wenn das Höhere für dich Bestimmung ist, wahrhaftige Grandezza und erstrebenswertestes der Ziele deiner Virulenz im Pläneschmieden, Kraftvergeuden und zutiefst nicht wissen weshalb und wofür.

Der Allesseiende bedankt sich artig für die Einsicht, die du dir erringst in seines Wesens Überschwänglichkeit und liebeleuchtendes Profil. Es ehrt dich, den zu ehren, der dein Licht ist und die strahlende Wahrhaftigkeit in deinen Gründen. Schweige du und lass ihn reden, was er immer will in seiner Genialität des Ausdrucks und des sinngelad'nen Lebensspiels.

Ich erwarte alles von dir, derweil Ich von Mir niemals etwas zu erwarten habe, weil Ich schon Besitzer Bin des Alls mit allen seinen Rundungen und Kanten, Mickrigkeiten und so majestätisch klingenden Befunden, dass es keine Frage ist, in Mir den Meister aller Meister anzusehn und innig zu verehren.

Wähle nun und wähle gut, damit dein kahl gewordnes Haupt sich einst in Ruhe, Heiterkeit und Einsicht niederlegen kann zum ewigen Schlummer und zum Auferstehn in Meinen Gründen, in der Wonne des Vereintseins mit dem Sein und mit der Einheit aller Dinge im Allhier.

5.7
Ich Bin dein trauliches Behüten, sprech Ich dich herzinnig an und beeile Mich, dir auf den Fersen deiner Flucht zu bleiben, bis du innehältst und Meiner Herzlichkeit gewahr wirst in der Kunst des Aneinanderfügens liebevoller Freundesgaben.

Bewahre, was du von Mir weisst im Schweigen deiner Nächte und im Morgendämmer deines Zu-Mir-Auferstehns. Entzücke dich am feinen Strom der Güte, der von Mir dich ständig und bedeutungsvoll umfliesst, um dich in Meines Seinsbewusstseins Stimulanz und Seeleninnigkeit zu heben. Ich mach es wahr, dass dein Erwachen sich des Alls bewusst wird, das du in dir trägst in strahlender

Bewusstseinsklare und in einer Schau von überwältigenden Seins-Dimensionen.

Ich warte und erwarte deines Willens Sehnlichkeit, nach Mir zu sehn, damit Ich dich am Fädchen Meiner Künste, Günste und Beglaubigungen zu Mir führen kann ins Domreich der erhabenen Gedanken, wie des zärtlichsten Empfindens am Bewusstsein der Allherrlichkeit, in der Ich wese. Ich lade Mich als Fürst zu fürstlich dargestellten Mahlen, mahle Korn der Weisheit übervollen Scheunen zu und Bin bestrebt Mein Bild in aller Welten Innigkeit hineinzustilisieren.

Trost in Tränen will Ich sein in jeder arg geschüttelten Domäne, bin des Erbarmens voll an jedem nach Erlösung stöhnenden Darniederliegen. Ich wende ihm das Blatt und zeige dem Verfemten auch die gute Seite seines Daseins in der Geistessonne Klaren. Denn jeder der da will, kann Meiner Sonne Strahl in seiner Mitte sehn und kann sich daraus Herzenswärme bilden. Subtilität und Reinheit sind gefragt im Umgang mit den Dingen Meiner Provenienz und Partitur im grossen Singsang der Gezeiten. Was du zulegst an Gewissenhaftigkeit und Edelmut im Leben, zahl Ich dir im Dämmerschein der Seinserkenntnis aus, die dich zu neuen Heros-Taten antreibt und beflügelt. Tauche mit Mir ein ins Meer der Hoffnung auf das Allgelingen deiner suchenden Konstanz nach Ewigem, das in den Winkeln deines Seins verborgen liegt; du brauchst es nur zu hellen und zu heben.

Ich wette, dass du kommst und weide Mich an jedem Schritt, den du Mir träumend, wachend, treu entgegengehst. In deinen Wundern komm und krieche in Mein Sein als in den Mantel der All-Güte, wie der galoppierenden Gerechtigkeit am Sein und Leben. Werte deine Taten und tu alles, um den Wert und die Bedeutung deines Wesens ins Unendliche zu treiben. Dort wirst du: „Ich Bin Mich selber", zu dir sagen und bewusst und heiter, siebenfach entzückt im Wunderbaren deines Weges gehen. Amen sei dir noch gesungen, listig zwinkernd deinem Auferstehn Erfolg gewünscht und Sonnenscheinen deinem Aufstieg aus des Lebens mäuschenstill geword'nen Talen.

5.8
Statt von Firlefanz von Efeu lieb umwunden sei dein Haupt und äussere des Lächelns Wohllaut an der Seligkeit, die dich beseelt im Blümchenzählen.
  Ich habe deines Wollens Schatz bedächtig um die Dinge noch vermehrt, die dir besonders hübsch und zierlich anstehn in der glitzernden Parade der Bekömmlichkeiten, die galant an dir vorüberziehn. Bemerke doch, von wem sie dir ins Lebensbuch geschrieben sind und hebe deine Hände auf zu Mir in namenloser Dankbarkeit für deines Seins Gewinde und Bravour, als in Meinen Glanz gebettet und in die Hoheit deiner Ahnen.
  Ich liebe es, konkret zu sein im Räsonieren an der Wahrheit über Mich und Meine Gründe da zu sein im Zaubergarten allen Lebens im Allhier. Denn siehe, es ist niemals gleichbedeutend für das Weltgeschehn, was du dir denkend vor die Seele rückst in deinen Tagen. Immer wird die Geistwelt über dir subtilerweis verändert ins Erbaulich oder Destruktive je nach der Qualität, die du ihm beigegeben. Es steckt soviel von dir in überirdischen Gefilden, ohne dass du's weisst und das Beachtung findet bei den Geistern des gerechten Handelns am Gesetz und Sinn der Evolution, in das die Wesen alle eingebunden. Deine Grösse bildet sich an dem, was seinsbedeutend und markant geschieht in deines

Überlegens und Empfindens Tabernakel, als in deiner Seele Hort und Heiligtum in dir.

Wer wohnt denn da in Meinen Gründen, frägst du etwas locker und naiv. Ich Bin Es, darfst du dir begeistert und gefügig sagen, indem du voller Andacht niederfällst vor der unnennbar preziösen Majestät, die dich wie nichts befruchtet und belebt, begleitet und behütet, höchsten Höhen zu.

So beuge dich denn Meinem Willen alles zu veredeln, was Ich formte, um der allgemeinen Drangsal ein holdselig Ende zu bereiten und den Bürgen Meines Seins die Schönheit aufzuzeigen, die in jeder Meiner Gesten wesenhaft verborgen liegt. Das soll Glück und Gleichmut, Tatendrang und Lust in deine Tage bringen und Gewähr für dein Empfinden sein, dass sich mählich alles noch zum Guten wendet unter Meiner Hoheit Sinnkraft und Befehl, die unerhörterweise tief in deine Tiefen reichen, wunderbar gediegen, licht und schön.

5.9
Meine Auenwaldkreationen gehören mit zum Allerschönsten, was im Tal der guten Hoffnung dem erwartungsvollen Herz entgegenschlägt und es so erquickt, dass es sich wie in Liebesträumen wiegt und wunderlichen Tänzen in des Seins glückseligem Sich-selbst-Bewahren.

Die Natur entfaltet sich zu ihrem eignen Lob in so entzückend reichen, reinen Formen der Gefälligkeit am Leben, dass der Mensch nur all zu gerne sich in ihrer Pracht ergeht, um seine Liebe zu ihr selig und spontan zu feiern, als ein Fest des wahren Lebens und der wärmeblühenden Kultur.

Jawohl an sie, die unbescholtene und liebenswürdige Bewahrerin von Urkraft, auserlesner Schönheit und bezauberndem Elan des Wachsens und Gedeihens habe Ich Mich mit besondrer Innigkeit vergeben und vergebe Mich noch immer Tag für Tag an sie. Was glaubst du, dass dahinter steht, wenn sich ein all so hoffnungsvoller Frühling dem neugebornen Lichte öffnet und ob der zärtlichen Liebkosung seiner Strahlen in den wunderbarsten Tönen feierlich erblüht, um jedem Menschenauge Lebenslust und Freude zu bereiten? Ich Bin es, der in Götterglanz und Grazie die Felder überweht und ihres Wesens lauschende Empfindsamkeit mit soviel Seinsentzücken und Begeisterung begabt, dass es sich allsogleich dem Strahlenlicht entgegenreckt und aufersteht zu frischen, fabelhaften Formen.

Sei du gewiss, dass alles in Mir sprüht und sprudelt, Freudenspuren zieht und Kapriolen schlägt, um sich dann selig und beglückt zur wohlverdienten Ruh zu legen. Das ist nun Meinem Sinn gemäss die Art zu sein und in bewundernswertem Selbstgefühl zu schweben. Ich traue Mir dies alles zu in Mich verschenkender Behutsamkeit und Treue zur geschaffenen Natur, in der Ich wachend Bin und wese. Warmen Mich-Verglutens spend Ich ihr Mein Herzenswohl und Meines Sinnens Überlegenheit im Ewigen, aus dessen Sein sich aller Güte Fruchtbarkeit ergiesst und das in seiner eignen Schöne unerforschlich, liebevoll und leise ruht zu aller Welten seligem Genügen.

5.10
Tränenbitteres Verhalten wandelt mählich sich in einen Grundgehalt von Freude, Frieden und Begeisterung am Leben, die Meiner Disposition wohl anstehn, als von Weisheit, Mut und Seinsgerechtigkeit durchdrungen.

Vielen scheint das Leben garstig, zänkerisch, betrüblich, bitter und unendlich schwer. Ihr Bewusstsein ist es, das sich so belastet mit den Dingen der Alltäglichkeit, indem es wie in einer Sorgenmühle um und umgetrieben wird, ohne Aussicht auf Gesunden.

Kraft der lautern Liebe, Einsicht und gewissenhaftes Handeln im Vertrauen auf die Hilfe höherer Bezirke im betagten Weltgeschehn, führt die Seele allgemach ins Dämmerlicht und dann in die berückend volle Helle der Erkenntnis, dass ihr Wesen Gottes Wesen ist, wohl noch vom Prüfungsmantel der Alltäglichkeit umwunden, im Kern jedoch voll des Empfindens eines unbeschreiblich tröstlichen und talentierten Freiseins hoch und her.

Dein Leben wandelt sich in Mir zu einer unerschöpflichen Ereignisfolge von erfüllter Qualität und Güte, Leistungsfähigkeit, Gelehrsamkeit, Erhabenheit und dankbar akzeptierten Wehen, welche neue Auserlesenheit und Schicklichkeit zur Folge haben.

Du lässest Mich in dir zu hoher Blüte kommen, weil du überzeugt bist von der Einheit aller Dinge, wie von Meinem zärtlichen Beäugen deiner Allgeschichte, die, von Mir erdacht und inszeniert, Mein all so liebes Eigen ist und Meiner Eigenart Gefild, das Ich voll Muttersorglichkeit und immerwährendem Begüten pausenlos durchstreife, um Schwielen aufzubrechen, Wundmalheiler und Bereiter einer Welt zu sein von namenloser Schönheit ebenso, wie hingegebener Geschwisterschaft in der Wahrhaftigkeit beseelten Glutens.

So Bin Ich, was Ich immer Bin in aller Wesen Myriadenzahl als in Mir selbst in unverbrüchlicher Gewissheit Meines Strahlens. Geist vom Geist Bin Ich in seinshierarchischer Vollkommenheit und Fülle, Farbenprächtigkeit und genialer Ausdrucksweise in der Art der grossen, alten Meister, deren Ruhm Jahrtausende durchmisst und die, von Mir geprägt, das Stigma der Verklärten an sich tragen.

Ich begabe alles, was Ich Bin, mit Wonne der Begeisterung am Sein und Leben, mit Schaffensfreude, Energie und wohldurchdachtem Einsatz Meiner Kräfte durch das Freudenjahr, das bei Mir ebenso ein Schwick des Augenblicks, wie ein bedächtig hingebreitetes Äon sein kann, gespickt mit fabelhaften Innovationen.

Im Grund genommen trachte Ich danach, nichts Weiteres mehr anzugreifen, damit der Weltentag sich ausläuft in ein Meer von unerschütterlichem Frieden. In Meiner Götterinnheit ist's getan, dass sich das Weiselose in sich selber wach, bewusst und seinsglückselig hält in einem nie verebbend, zart gefühlten Zuge. Es ist die Wunderkraft elysischer Behutsamkeit, die Mich beseelt und die Mein Glücklichsein besiegelt als ein sonnenhelles Mich-Verstrahlen ins All-Weite Meines Seinsbewusstseins, wie ins ewig unverbrüchliche Geheimnis Meiner selbst im Wunderbaren.

5.11
Ewig heil und immerfroh nenn Ich die freude-strahlenden Gemüter, die Bestätigung und Anschluss im Elysischen gefunden haben.

Es ist ein wunderlich und wagemutiges Verfahren, das Ich in Bewegung setze, um die wankelmütigen Seelen eine nach der anderen zu Mir zu locken, damit sie sich in ihrem Sein erkennen und des Absoluten Emanation geniessen mögen.

Was Ich hier verhandle, ist im Grund genommen jedes Herzens Handel an des Lebens Vielerlei und am ereignisvollen Weltgeschehn. Hin und her wird es gezupft, gezogen und gestossen von der blanken Notdurft, die ihm innewohnt und in der sich zu behaupten ihm obliegt in seinen wunderlichen Tagen.

Weiss ein Mensch zutiefst, dass Ich dezent und gütig hinter allem steh, so spürt er in sich auch die Kraft des Überwindens seiner Neigungen zum ungehobelten und leidenschaftlichen Gebaren und findet seinen Weg, der ja der Meine ist, in Anstand und Frohlocken ob der Heiterkeit, die ihn daraus beseelt, selbst in den schwierigsten und anspruchsvollsten Operationen.

Ich heisse ihn, so unwahrscheinlich das auch tönen mag, voll Freude als Mich selbst willkommen in der Landschaft Meiner Güter, die er unversehns betritt auf seiner Wanderung zum abgespeckten Herrschersein und wohlerwogeneren Seelenleben. Als heilsam und begehrenswert erweist sich jede gute Tat, die er an sich und an der Welt vollbringt in liebeströmender und selbstlos hingegeb'ner Absicht, Schmerz und Weh zu lindern und Bewusstsein zu entfachen in der hilfedürftigen Menschenschar.

Das ist, was Ich bewirke im Dahinterstehn und was Ich all so reizend finde in der Schule Meiner Dispositionen und Verwirklichungen landauf, landab im Zug der Reinigung der Stätten Meiner Gunst und Meines götterherrlichen Verfügens.

Ich kenne Meine Pappenheimer und weiss genau, wie rasch und voller Leichtsinn sie Mir zu entschlüpfen drohen in der vielgesprächigen Welt der zierlichen Verlockungen und der Variationen des vergnügen Hüpfens durch den Tag. Da braucht's von Meiner Seite genialen Witz in Fülle und pausenlos bewiesene Gefasstheit, um die Schäfchen dort zu halten, wo sie Meiner auserles'nen Kräutlein Speise finden, um des wahren Lebens und Gesundens Willen, das Ich für sie ausersehen habe. In Meinen Triften herrscht des Himmels Hochgesang und Meiner liebevollen Pflege gütestrahlendes Idol. Was Ich vermittle, ist der Geist der Wahrheit, wie auch die Gesinnung brüderlicher Eintracht im Konglomerat der Eigensinnigkeit und Widerständigkeit der Vielen.

Alles, alles ist im Stillen Mein Erleben, Meines Sinnens Ebenbürtigkeit und Meiner Grosstat Überwinden. In Meines Seiens Andacht und Bewähren offenbart sich unverrückbar die Holdseligkeit des Seins an sich, in dessen Fluidum Ich Bin und webe, Meisterdinge pflege und der Fülle sichtig werde, die Mich zart und lind beseelt und Meine ewige Wonne ist im Sonnenklaren.

5.12
Ein Schwick - und gleich darauf das Schweigen der Unendlichkeit, in das Ich seinsbeglückt und selig tauche. Begriffen hat und ausprobiert Mein Sinn die Süsse allen Seins in wunderbarem Selbstgenügen.

Philosophie auf allerhöchst gesteigertem Niveau nenn Ich, was so beratend und beglückend, feilchenzart und figalant daherkommt in der Stunde der Erkenntnis, wie das Leben ist und war, die Flügel öffnete und seine Pracht, gleich dem berühmten Pfauenrad, entfaltete im All der Welten um Mich her.

Freundlichkeit und Milde darf die Seele dann erfahren, wenn sie, in des absoluten Schweigens Wohlbekömmlich-keit getaucht, den Gnadenstrom des Sinns empfängt am Leben. Fabelhaft und heiter deucht sie alles, was ihr so geschieht und was ihr wie ein Aufbruch vorkommt zu den Sternen. Denn ihr bewusstseinsselektives Angebind beginnt sich leichterdings ins All des Seins zu weiten und in ihm sich selber überglücklich zu erkennen als das Eine, unverbrüchlich Reine und Gewissenhafte, dem sich alles willig unterzieht.

Megatonnen von Beweisen and'rer Art mag sich der Weltenbürger auf die Schultern laden. Er irrt, solang er nicht dies Weise, Webende, erhaben Lichte, Unfassbare als die Geistesfülle kennt, die allem innewohnt und allen Sehnens Anker ist und seliges Erringen.

Ich Bin Mir das erschütternde Idol der Stille in den Gliedern und der Seinsglückseligkeit im Herzenswohl. Malachit der Süsse des Erlebens nenn Ich Mich in all so überzeugender Manier und mache Mich bereit, Mich in die Schar der Grossen, Schweigenden und Harrenden, Bejahenden und Meisterlichen einzureihen, die da sind und ihren Part im wunderbar symphonischen Gewittern wahrer Lebenskunst beschreiben.

Ich erreiche viel, indem Ich wenig nur verändere in Meines Seinsbewusstseins Überzeugen. Nur ein kleiner Schritt ist es zu Mir, doch all so viel bedeutend der Impuls, der ihm gebührt und der ein neues Weltgefühl begründet in der lieblichen Kartause Meines Denkens und Empfindens im Allhier.

Alles Überlegen sieht sich als gestrandet an dem einen, einzigen Ufer, das Ich Bin und das in seiner Makel-losigkeit und seinem kühnen Schwung unübertroffen daliegt als die Perle aller Destinationen und die siebenfache Königin der Art und Weise, wie das Allerletzte sein soll in des Lebens Sinnspiel und Gedeihen.

Erwarte niemals mehr als du zu tragen dich befähigt fühlst in deinen Wundern. Doch mach dich stark für das, was man als Leichtigkeit des Seins bezeichnen mag, denn ihr Gewicht besteht aus unerschöpflicher Beharrlichkeit im Guten, aus Seinsvertrauen à la carte und aus der Einsicht in die

Schöpferkraft-Gedanken, die da sind und strahlend in das All der Welten scheinen.

Im Wohllaut reiner Freude endet, was in bester Absicht und Gewissenhaftigkeit begann. In Frohmut und Bescheidenheit erfüllt sich das Gesetz des Lebens, wenn die Innigkeit es führt und die Parolen wahrer Selbst-verständlichkeit voll Eifer umgesetzt und ausgetragen werden.

Beschliessen lässt sich alles nur, indem es seinsgefällig wird und in sich selber Ruh und Sicherheit begründet. All so sei's bestätigt und getan, auferstanden und geheiligt in den Sphären himmlischer Gerechtigkeit und Güte, Zuversichtlichkeit und allerbarmendem, beseeltem Wohl.

6

Ich helfe dem, der von Mir Hilfe sich erfleht

6.1

Das Seinsgewisse und Umfassende verhilft dir zu bewundernswert gestylten Taten. Du überbrückst mit Leichtigkeit, was andere nur unter Ach und Weh und siebenfältigen Beschwerden zwingen mögen, wenn du Meiner dich als Anstoss, Überwinder und Besiegelnder bedienst im Wettlauf um verlockende Lorbeeren.

Ich helfe dem, der von Mir Hilfe sich erfleht, wenn er sich jämmerlich verirrt hat in der Rätselhaftigkeit des Menschengartens. Wahrhaftigen stärk' Ich den Rücken, dass sie heitern Sinns gradaus zum Ziele gehn. Wie heisst doch Meine hochgeschätzte Seins-Parole? Versenke dich in Mich, wie in ein Meer von fabelhafter Wirkkraft, Weisheit, Tüchtigkeit und Güte, das dir Heil und Heilung angedeihen lässt in überwältigenden Massen. Übernehm' Ich deine Schuld, ist deine Schuldigkeit im Nu getan und du ergehst dich unter Freudentränen in der Abgeklärtheit und erwies'nen Wohlgestimmtheit Meiner Liebesgärten.

Bange nicht um den Erfolg, wo andre zittern jämmerlich um die gewohnte Prallheit ihrer Brötchen. Was in Mir gebacken ist, verbreitet immer das Arom des seins-vollendeten Gelingens und der wunderbaren Harmonie, in der Ich Bin und wese.

Was immer auch der Läuterung bedarf, empfange Ich mit offnen Armen, um ihm aus der Fülle das zu spenden, wessen er bedarf in seiner mangelhaften Appretur. Ich walke, knete und geschmeidige den Wirkstoff deines Lebens mit bewundernswerter Kenntnis des Erforderlichen, wie mit der erklärten Absicht, dir von innen wohl zu tun und dich auf Meinen Wegen sicher und beseligend zu führen.

Was du immer dir getraust, ist die Essenz und der begütigende Wohlklang Meines Dich-Beratens, sowie du Zuversicht gewinnst auf Meines Daseins meisterliches Amen. In Meiner Grazie und Gnade gibt es keinen Notbehelf: Die Werte stimmen und die Wirklichkeit geht als ein strahlend Ebenmässiges einher in absoluter Selbstverständlichkeit und ohne sich zu zieren.

Melde dich bei Mir. Ich mache alles neu, was dich betrifft und deine Güter und beschäme jene Zweifler, die dich unbedingt im Argen sehen wollen und in einem Tränenmeer. Weide dich an Meiner Unbedingtheit und am myriadenfachen Apfelschuss, den Ich galant und zielbewusst vollzieh in Meiner Kunst, die Dinge da zu treffen, wo das Wesentliche und Erschütternde geschehen soll in Meinem Seins-Betrieb.

Ich bleibe der Ich Bin. Vernimm es und bestätige, dass du es wirst in Mir und in der gloriosen Weise, Mich in aller Welt zu etablieren als das Einzige, das Ist und das die wahre Wirklichkeit entbietet in der Vielzahl sinnbegabter Sphären.

In Mir ist alles Seligkeit und selig hingehauchtes Schweigen, spiegelglatte See und Sommermittagsruh im Atem der Unendlichkeit und in der reinen Wonne, deren Ich bewusst und heiter, liebevoll und all so milden Sinns erliege. Sein ist Klarheit, Offenbarung einer Lichtheit ohnegleichen und Bestätigung der Geistigkeit, in der Ich wese. Sei und lass geschehn, was sich in dir vollzieht als dir gegeben und dir zugeneigt, mit dir verbündet und vermählt und auf dich angewiesen in absolut vollzogner Einigkeit, die alles in sich schliesst und allem Bürge ist für Aufstieg, Anerkennung, Kerngesundheit, Seinsgerechtigkeit und makellosen Frieden.

6.2

Orion in vollem Wuchs, titanenkräftig, lichterloh am nächtigen Horizonte, einem Wilde lauernd auf der Spur. Er fasst ins Auge und Ich fasse ihn in den Gedanken, dass er Jäger ist in Grossformat, Meinem Willen unbedingt dahingegeben. Himmelsmächte und Gewalten ziehn und zucken tatenträchtig, selbstbewusst in Meiner Schau dahin, den all so saftigen Sterntanz zu vollführen. Kennst du ihn in seiner majestätischen Gebärde und hortest du in dir sein Abbild als ein Ideal der Kraft und des beständigen Kraftverstrahlens, ist dir jedes Sternbild eine Quelle deiner seinsgeschichtlichen Potenz und deiner Fähigkeit Bewusstsein und Bewunderung, Empfindsamkeit und Logik zu erzeugen.

Ich Bin Es immerzu in dir und deinen Schlüssen auf des Alls Bezug und permanenten Einfluss auf dein Wesen. So steht des Menschenschicksals Lauf im Bann des himmlischen Kalküls und in der Sagenhaftigkeit der Göttersphären. Eine Ahnung fällt dich an von dem, was sich in dir verbreitet, vom Abergrossen induziert, um deine eigne Grösse zu bestimmen, als Mein Ichs Gefährte und Gepflogenheit im ewigen Rauschen Meiner Geistesflügel im All-Hier.

Ich besiegle, was dir frommt, indem Ich Meiner Wohnstatt Fülle akkurat an deinen Platz verlege und dir Hofrat und Garant des Geistrufs Bin, der alle Meine Lande überweht und strahlende Unsterblichkeit verbreitet in den Tiefen, wie den Höhn. Ein unbedingter Zeuge Bin Ich Mir der Virtuosität im Kräftewallen, das Ich Mir errege, als in der Einigkeit begründet, wie in dem Wohlklang aller Stimmungen und Resonanzen um Mich her. Vollkommene Verbrüderung erwirke Ich in allen Dingen Meiner Kunst, der zärtlichen All-Liebe Raum zu geben und ihr Wesens Köstlichkeit in Meinen Zirkeln darzustellen, allgewaltig ebenso, wie mikrokosmisch auch in dir.

Ich finde nichts, das in Mir flutet, blutet, kreist und ruht, was es nicht auch in dir und deinem Seins-Begreifen gäbe. Die Erkenntnis der Identität im Absoluten ist es, die so faszinierend und begeisternd Meinen Sinn durchwebt, dass auch der Seins-Beglückung Schwinge Mich berührt und rührt in der Verinnerung, die Ich voll Inbrunst und Entzücken, Losgelöstheit, Friedefertigkeit und Dankbarkeit in Mir erlebe.

Aufbruch zu den Sternen nenn Ich, was Mir so geschieht und götterherrliches Empfinden, was Mein Sein besiegelt im Allhier, wie in der Wunderkraft der Sphären.

6.3

Golden Gate so wie's im Buche steht der Hoffnungen und Turbulenzen, Machbarkeiten und gehörigen Verwünschungen der auf das Ziel gerichteten Tortur. Ich will nicht rechten um den Wert der ambitiösen Spekulationen und Verrenkungen um des Erfolges Willen in der buntgestrichenen Palette deiner Disziplinen.

Es genügt, zutiefst des Menschen Drang nach maximalen Leistungen und unaufhörlichem Sich-Überbieten zu erkennen, um darin ein Motiv zu finden für Mein Sehnen, ihn zur Götterherrlichkeit zu führen.

Unbeschreiblich mühsam ist der Weg, den ein zum Sieg Berufener verfolgen muss, um schlussendlich auch zu reüssieren und um wenigstens den Bronceplatz auf dem begehrten Podest zu erringen.

6.4

Des Seins Gewinnen und Begreifen tanzt um den moralischen Aspekt, der allem Erdenbürgertum zum Voraus innewohnt, um ihm den letzten Schliff in seinem kunterbunten Streben zu verleihen.

Bewegst du dich im Schutze Meiner sinnverleihenden und weltgewandten Direktiven, denk daran: ein Traum bringt ja die Seienden vom Hier zum Dort, in der von Mir gewollten Weise der Veränderung und Dienstbarmachung des Bewusstseinsraums, in dem sie sich befinden. In jedem scheint ein wahrhaft Wirkliches zu existieren, in das wir einverwoben sind und das in schicksalhafter Eloquenz für uns das Wohl und Weh, das Leid und Lebensglück bedeutet.

Das Moralische ist immer mit im Spiel, wo wir uns für ein so und anders unbedingt entscheiden müssen. Wir spüren, wo es hin will und haben oftmals nicht die Kraft, uns für das Bessere im Sinn der Gutheit zu entscheiden. Da will es Meine Liebe, dass Verzeihen aufkeimt Meinerseits und dass der Wille, es noch einmal zu versuchen, in dir stark wird all solange, bis dann endlich doch die Hürde überwunden und das Mehr an Qualität erreicht ist, das die Evolution erfordert, weltenweit und weltenmächtig in des Lebens Sinnspiel und Verlangen.

Ich habe Mir nichts vorzuwerfen, darfst du dann vor dir gestehn und darfst in einer Woge wahren Glücks den Freudentag beschliessen. Gott ist bei Mir, darfst du erfühlen und Ich wiederhol es dir galant und geistesgütig, glorios und wunderbar.

Wie soll nun die Parole heissen, die Ich dir auf die Stirne schreibe, dass es alle sehn und sich daran erinnern mögen, wenn sie Doppelsinnigkeiten zu bestehen haben? „Ich Bin und weise Mir den Weg", sollst du dir deuten und sollen's alle in der Runde der erklärten Gottesgläubigen und Gottbegnadeten von Meiner Wahl. So soll es sein, dass sich einjeder in sich selber Weg und Richtung ist, als von Mir eingeflüstert und zur allerschönsten Blüte hochgetrieben. Wolle, dass es so gescheh und wolle damit Mich in deinem Dich-Begründen als Mein Wort und Meine Sage, Mein Bedeuten und Verstehen in der Sagenhaftigkeit der Sphären und dem Seins-Idyll, das sich in dir gestaltet und erlebt.

6.5
Aquamarin der Frömmigkeit sollst du Mir werden, ganz hingegeben dem, was Ich dir sein will im Mysterium des Zeitlichen von Meiner Warte aus gesehn.

Alle Schleier lichten sich im Mass der waltenden Intensität, mit der du aufhörst, dich und deine Gründe hochzustellen im Geschäft des hellen Tages, dem du dich verbunden siehst.

Mayday, mayday wirst du rufen, wenn der Sturz in die Unendlichkeit beginnt zu rasen. Doch es lässt der Aufschlag auf sich warten und der Fall verwandelt sich in einen Höhenzug von fabelhafter Seins-Natürlichkeit in Meiner Glorie des überleg'nen Weilens und Verstehns. Es kommen Meisterdinge dir entgegen auf der Fahrt in die Bewusstseinsweiten, die dein Frommsein dir beschert in einer folgenreichen Wesensaufgeklärtheit, vor dich hingelegt von Meinen Gnaden.

Jedes Soll enthält in sich den Ansporn, über alle Grenzen weit zu gehn im Erfüllen der Notwendigkeit, wie im Erfinden neuer Wege, das Vortreffliche noch trefflicher zu tun. Was Mich weiterbrachte, bringt auch dich in wunderbar geschliffnen Kurven in die Höh, wo sich dem Aug die Aussicht wunderbar gesprächig präsentiert und das Gemüt in helles Jauchzen ausbricht, ob der überwältigenden

Schönheit der von Mir so sehr gehüteten und seelenvollen Geistessphären. In ihnen Bin Ich, was Ich Mir zu sein befehle. Sie sind der Born der Wirklichkeit aus dem Ich trinke, trinke, trinke, unablässig, um das Geistreich zu begründen, dem Ich innewohne, hoch und hehr.

  Freudenfahrt ins Licht will Ich benennen, was Mich so im Innersten bewegt und was die Ursach ist vom perlenden Geglitzer warm gefühlter Freudentränen. Es gibt nichts Benedeiteres, als eine Zukunft solcher Majestät und solcher Leichte und Bedeutsamkeit vor sich zu sehn. Alles ist dir möglich im Gestalten einer Zukunft ohne Grenzen in dem freien Über-dich-Verfügen, das in Mir geschieht und das in götterherrlichem und weisem Sich-ins-All-Verkreisen die Erfüllung findet, die dem Sein gebührt und seinen universenweiten Kapriolen.

  Bin Ich so, so Bist auch du und unsere Züge sind seit eh und je vollends in eins verschlungen, seeleninnig, licht und wahr. In Zartheit, Milde und Verwegenheit empfinden wir das Ausserordentliche, das uns zur Entfaltung führt und dem wir voll Begeisterung eingeboren. Was auch immer kommt, erfüllt sich in der schlichten, lichten Herrlichkeit der Sphären und gewährt Entzücken, Sicherheit und Wonne in unendlichem Beleben. Komm und sieh und tauche ein ins Meer der seienden Glückseligkeit, bewusst und heiter, sinnbegabt, erhaben und erwählt.

6.6

Von Mir selber habe Ich gelernt, den Bewusstseinszustand zu erfühlen, in dem Ich Mich befinde. Hoch und tief, das ist nun ein beständiges Hinüber- und Herübergleiten zu der Ausgeformtheit dieser oder jener Art der herrschenden Erkenntnis Meines

Wesens. Den Zauber höchster Sinnkraft kann Ich dann erreichen, wenn Ich Mich als das allüberall verbreitete, soviel gepries'ne Sein empfinde, ewig unbeschadet, heiter, heilig und gedankenfroh.

Bis zum Letzten überzeugt von Meiner allerhobnen Güte, strahle Ich Vernunft und Gläubigkeit, Geruhsamkeit und Sitte in die Räume Meiner Seins-Präsenz und schaue zugleich, wie sie sich in langewährender Galanterie allmählich zur Bedeutsamkeit entfalten.

Im Hier ist alles Geisteslicht und Seligkeit an sich, die Ich in schweigender Ergriffenheit geniesse. Wahlheimat Bin Ich Mir von auserles'nem Überschauen Meiner Situation, als in sich seinsgefestigt, sakrosankt, zutiefst verständig, edelmütig und zufrieden.

Nun gibt es sich, dass Ich beständig auch geneigt Bin, Meiner Kräfte Vielfalt an Mir selber zu erproben. Es ist so süss, Erfolg zu haben und der Wind zu sein, der Mir die Fahnen flattern lässt und lässt die Blümchen der Holdseligkeit erspriessen.

Gutsein lass Ich, was an Mir vorüberzieht, ob Wirklichkeit, ob Illusion im Unterscheiden. Es ist und kommt und flieht und füllt sich an als das Geschehn an sich, derweil das Höchste sich erfüllt in der Glückseligkeit der Sphären, wie in der Treue allem gegenüber, was Ich Bin und Meinem Seien liebevoll verleihe.

6.7
In Gottes Ruf und Namen vollends eingetaucht, erwarte Ich nichts mehr als sein hochheiliges Befehlen. Ein Stümper Ich, Sein Wille eine See von überragender Bewusstseinsklare und erhab'nem Derivat der Unerbittlichkeit im grandios gefächerten Geriesel der Äonen.

Ich halte Mich für nichts, damit Ich Mich für alles halten kann in prachtgeschwängerter Synthese aller Arten Sein zu präsentieren, sowie vollendete Natürlichkeit im Mich-Erleben und Ergeben, makellose Fülle zu bewirken und die Wimpel des geschäftigen Kalküls in sagenhafte Höh'n zu hissen, unbedingt und wahr.

Ich Bin der Rechte und habe alle Seinsgerechtigkeit für Mich gepachtet, unnennbar glaubhaft, tüchtig, dominant und liebenswert in wunderbarem Einklang mit Mir selbst in allen Daseinsregionen.

Ein verbriefter Demonstrant von hunderttausend wackeren Talenten Bin Ich Mir, vertrauensselig Meinem Übermass an Güte zugewandt und lächelnd Meine spielerisch bewegten Kräfte kostend im allweiten Felde Meiner Dispositionen.

Ich vertrete ohne jede Konkurrenz den Aushang Meiner Güter, die Ich pausenlos und ohne jeden Makel produzier, um Meine Welt auf Trab zu halten und Mich an ihrem Fortlauf zu ergötzen im beseelten Tanz, den Ich in ihr vollführe.

Majoran hab Ich gesetzt als Ausdruck Meiner Stärke, Palmenzweige als Gewähr für Sanftmut in der Tage Fluss und Wehn. Was Ich biete, hat noch niemand je vor Mir geboten; wes Ich Mich bezichtige, wagte noch kein Wesen ohne Übermut und Tollheit zu betreiben.

Ich denke und es denkt in deinem minikrimen Schädelstübchen. Ich überwache und es wacht allmählich auf in deinem schläferigen Tollhaus von des Undanks Gnaden.

Folge Meinem Ruf und renne ungesäumt in Mein bedeutungsvolles Schweigen, dass dasselbe dir geschieht, wie's Mir geschehen: Freudiges Erröten allethalben ob der Lieblichkeit der hüpfenden Gefühle und der glänzenden Bewusstheit deiner selbst, die du im Nu errungen als in Meiner Grossmut und Verständigkeit, Besinnlichkeit und Herzensgüte.

Kleidsam Bin Ich Mir mit farbenprächtigen Sentenzen Meiner Wahl und Wirkung im Allhier, derweil Ich Mich auf Meinem Throne selig räkle und der Lust geniesse immer da zu sein und an Mir selber zu Genesen. Meines Wesens strahlender Triumph ist das Bekenntnis aller Wesen zur Alleinheit in Geschwisterschaft und Einsicht, Zartheit des Empfindens und begehrenswertem Aufblühn einer Seinsbewusstheit ohnegleichen, als in Mir begonnen und von Mir geführt, in Mich gegossen und der Allvernunft anheimgegeben. Das Ich Bin bewahrend, herzensgut und gläubig, trittst du vor dich hin, Mich zu vertreten, wunderbar beglückt, befreit und auf allewig ins Elysium erhoben.

Alles, alles geht mit der Verkündigung von Meiner seinsgeschichtlichen Potenz einher. Geruhst du zu erwachen, ruhst du augenblicks in Mir und Meiner universenweiten Fülle des Erwartens aller Äusserungen und Erhebungen von jenen, die sich frank und froh und frei auf Meine Fährte einge-schworen haben. In der Glückseligkeit der Sterne sollen alle einstens ruhn und wieder Mir gehören, schnörkellos vom Sein ergriffen und in Es gebettet weihevoll und wunderbar.

6.8
Ein ewig Ebenmass gewinnt, wer sich getraut, des Seins Natur und kosmisches Bedeuten, ruhevolle Wachheit, Virulenz und Himmelsheiterkeit zu kosten, als in Meines Daseins Schliff und Zug, Galanterie und Wohl-bekömmlichkeit von absolutem Selbstgenügen.

Ein Aufmarsch köstlicher Gedanken steht Mir trefflich an und feiert, was Ich Bin, mit unverhohl'ner Freude und erhab'ner Sinnkraft hochkarätig vor sich hin.

Fristlos, feierlich und schön ist alles, was Ich Mir bedeute, in der allewig gleitenden Holdseligkeit der Zeit und der Verschwiegenheit, die Ich im Heiligtum und Herzen Meiner Unbeschwertheit mit Mir teile.

Es ist Besonnenheit und Güte, die aus Mir ein Universum lässt erstehn, in breitem, wunderbar gesammeltem Rotieren. Ein Fest ist es der Wirksamkeit und genialen Brunst des Überlegens, die Ich in äonenlanger Wundertätigkeit aus Meinem Sein erblühen lasse als gekonnt herangezüchtet, freudevoll begrüsst und immerwährend mitgetragen.

Stets erwarte Ich das Beste, was Mir frommen kann, wie Meiner weitverzweigten Dienerschaft am gloriosen Himmelsbogen. Ich zähle nicht wie viel. Bekenner Bin Ich einer Strategie von stetem Aufruhr und bewundernswert gehandeltem Befrieden. Ich empfinde alles, was geschieht, als eine märchenhafte Demonstration von Selbst-verständlichkeit und Herzensgüte, lächerlicher Selbstsucht und Durchtriebenheit, Besorgnis um das Wohl und Wehe der Geliebten, zugleich mit dem Innewohnen Meines Seins in allen Meinen Bildungen und Dispositionen.

Auf die Finger schau Ich dem, was noch der Läuterung bedarf in Mir und Meinen selbstagierenden Vasallen. Ich werte auf und wirble durcheinander, was sich kennen und begreifen soll in Meiner Strategie des Impulsierens, seinsgerechten Handelns und versöhnlichen Betrachtens der vorhandenen Struktur.

Well an Welle werf Ich um Mich auf und lass sie warm und lind den Zauber Meines strahlenden

Allgegenwärtigseins und Waltens überfliessen. Meine Absicht ist, das hochgebenedeite Sein, das Ich Mir Bin, zu pflegen und die Daseinslust zu fördern allseits, hoch und her. Es ist der Wohlverstand der Stätten des Begeisterns, die Ich Mir erschuf, der allem Würde und Gediegenheit verleiht in Meinem Lebensgarten. Meiner Hand entspringen Nützlichkeiten noch und noch und liebenswürdige Gestalten, deren Stosskraft und Bedeuten Welten schafft von Wohlgeordnetheit und Sitte, Heldenhaftigkeit und Anmut des Betragens.

Ich gestehe Mir, dass alles sein Wert bezeugt, was Ich betreibe und bade Mich im Sinn, der von Mir ausgeht und beständig zu Mir wiederkehrt, als seinsgereift und tapfer, wesensgleich und liebreich überwaltet von der seins-behütenden Geduld und Huld aus Meinen majestätisch dargereichten Schalen.

Lassen wir es gut sein mit dem Ausspruch: Seiend leg Ich Mir das Sein zu Füssen und bekenne, dass Ich Bin in Mir und allen Meinen Gliedern, motiviert, verwandelnd und verwandt, beglückend und bestätigend, was immer sich voll Verve betätigt in der Glorie des zeitlichen Befindens und der Absichtslosigkeit im Weilen, ewig unerschütterlich, beglückt und selig vor sich hin.

6.9
Zuvörderst an der Spitze des Seins Bin Ich Mir in allen Universenregionen: der Majestätische von eigner Fassung, Fürsprach, Geltung und Gewähr. Ich dringe durch das Himmelblau aus unergründlich auserles'nen Sternenweiten in das Weltgedankenreich von Meiner Kongruenz und Meiner Fülle unerhört beseligender Gnaden.

Wer an sich lauter ist, leichtfüssig, zielgerichtet und dem Numinosen zugewendet, kann von Mir Seinsbewusstheit gradueller Art, Verklärung und Gefühl für's Übersinnliche erlangen. Ohne Zweifel trag Ich Mich nur den Gewissenhaften an, die alles unternehmen, um den Trost der Göttlichkeit zu finden und es sich selbst bescheiden machen, um das überragende und seinspotente Fluidum von Meiner Glorie in sich zu kultivieren.

All so stoss Ich Mich in die Gewandten Meiner Zeiten des Erwachens und Erblühns im geistererfüllten Raum der wahren Wirklichkeiten und erstrebenswerten Synergien am so reich bedachten Werk, das Ich vor Mir und allen Eingeborenen in Szene setze: weise, licht und wahr.

Genügt es dir, Mich als der Grosse und Gerundete in dir und deinem Anhang eingefügt zu wissen, Bist du und gefährdest dich nicht mehr. Es erheben sich in dir die schönsten Seins-Erinnerungen, die es geben kann, allwie der Nimbus Meiner Gnaden, dass du als der Makellose eingehst in Mein Reich der Unbescholtenheit am Leben und der freien Aussicht auf die Seinsnatürlichkeit, die Ich in Mir und all den Meinen aufgerichtet habe.

Nun wohl, Ich scheide nicht von hier, wenn Meine Allpräsenz sich ins Un-Endliche verflüchtigt und Mein Daseinswert in einem Selbstgefühl von unschätzbarer Seinsglückseligkeit besteht, die nimmer endet und den Sinn begründet aller Dinge und Erscheinungen in Meinem lichten Tal.

6.10
Schau das Weltgeschehn, mit kapitalen Fehlern, die von Misswirtschaft und übertret'nen Kompetenzen abervieles zu erzählen wissen. Mich denkt keiner in dem launischen Gerede, das in Ängsten, Bitterkeit

und schrecklichen Prognosen sich ergeht. Ich aber trage strahlend in Mir, was den Meisten fehlt: Die feierliche Überzeugung, dass das Innerste ein jeden Menschenwesens gut und köstlich ist, als eine Schöpfergnade, die beständig durch den Alltagsnebel leuchten will und will im Individuum Vertrauen, Liebe, Takt, Gewissenhaftigkeit und Selbstgefühl gebären. Ich Bin es, der von höchster Warte in die Wesen alle Mich vergebe, um sie glücklich und gelöst zu machen mitten in dem Rummel, den die Uneinsichtigen wie einen Veitstanz öffentlich vollführen.

Lässest du dich auf den leisen Sehnsuchtsklang gebührend ein, der deine Seelenräume fein und mild durchweht, eröffnet sich dir strömende Beglückung am Erkennen deines Seins und deiner Würde, deiner strahlenden Unsterblichkeit und deiner Seinsverwandtschaft mit den Götterkräften, die da sind und Leicht-Sinn, Sanftmut, Sicherheit und Seligkeit vergeben.

Erwecke das Ich Bin in dir und du bist richtig abgefahren. Vollbringe, was dir frommt in Meinem Sinnkreis und Genie und sei Mein Wesens Glorie und Glanz, der Ausdruck Meiner Güte und das liebevolle Pendant Meines seelenvollen Wesenseins in Lebenszärtlichkeit und Harmonie.

6.11
Was ist Kraft und Eigenschaft in der Bewertung allen Seins, wenn nicht ein numinoses Phänomen, das uns Entzücken einflösst oder Angst, je nach der Art, wie es vor uns erscheint im Leben.

Du siehst daraus, dass viele Dinge sich der Messbarkeit entziehn und dass sie dennoch heftig wirken und auf's Entschiedenste ihr Daseinsrecht behaupten.

Worin liegt deines Wesens Inhalt und Bestehn, will ich hier fragen, um deine Sehnsucht es zu wissen, mächtig anzufachen? Es gibt die Sinne, sag Ich dir; doch sind sie ausgelöscht, muss dich ein And'res füglich durch den Weltraum tragen. Da kann nur die Erkenntnis deiner selbst dir helfen und diese wird sich dann in dir ereignen, wenn du für einmal, nein für hunderttausendmal das Weltliche vergissest und allein in dem dich fühlst, was man Gedanke und Bewusstsein, Emotion und Wille nennen kann. Bist du bereit und willens, in deinen makellosen Seelentiefen täglich solche Innenschau zu pflegen, eröffnet sich dir eine Welt der Geistesdominanz, die ist und deren Seinswahrhaftigkeit Ich nimmer zu beweisen habe.

Beweise du dir selber, dass du Bist und eine Welle neuen Weltverstehns trägt dich im Nu allwie in sternenweite Höhen und hilft dir, eine Schau zu generieren von alles überragender Bewusstheit und Gottseligkeit, in der du dich geborgen und erlöst, bewiesen und vollendet siehst in einer Myriadenschaft von Geistern, die dasselbe schon geschafft und sich ins Paradies der Lauterkeit und Gnade, Seelenseligkeit und ewigen Heiterkeit erhoben haben.

Dann aber, sag Ich dir, darfst du dich frei von aller Trübsal stillvergnügt in Mir erleben, gestärkt mit Meiner Gaben überwältigender Zahl. Die Fülle Meiner Gnaden deckt dich vollends ein und macht dich reich und rein und gütig. Es lächeln dir die Geister des Vollendens Liebe, Licht und Seligkeit entgegen. Du brauchst sie nur gehörig anzuziehn mit deiner Sehnsuchtswogenei und schon gewahrst du sie in dir als die glückseligmachenden Gefährten deiner Tage und als Liebliche von Meiner Huld und Würde des Vergebens.

Ich Bin ganz dein, so wie du Mein bist in Geruhsamkeit und Sitte, Tatenträchtigkeit, Vertrauen und ereignisvoller Einsicht in Mein Wesen. Und so ist alles gut und endet als im Klingen der Geschichte, wohlgesetzt und fein und edel, sinngerecht und wonnevoll in Mir.

6.12
Eine Rede will Ich schwingen, fromm und frei und hoch und hehr, will das Lob des Schöpfers singen, sehnsuchtsvoll und noch viel mehr. Meine Tage sind ein Blühen, wie aus einem feinen Keim, unter hunderttausend Mühen, in den Weltenraum hinein, und sie sind Triumph des Werdens, mit unendlichem Gewinn, im Moment des Erdensterbens, überglücklich zu den Sternen hin.

6.13
Allgemach und seinsbewusst sollst vor dir selber du erscheinen, in der Pracht der Sterne, wie im lauteren Verkehr mit allen Geisteswesen deiner Wahl. Du bist dir selbst Baron und Lohn für deine Siegestaten und siehst dich ausgedehnt ins Allgewissen, das da ist und das dir Weihe, wahre Wirklichkeit, Gedankenschärfe und Gemüt verleiht von ausserordentlicher Kompetenz und Kraft im Rätsellösen.
    Denn, was du Bist, ist dir nun vollends aufgeklärt, erschlossen und beseelt mit Meiner Gnaden Sinngebet und Ziel. Dein Wandel ist der Wandel der Gottseligen geworden, als in Mir beschlossen und in Mich gefügt. So wie die muntre Lerche sich in Meine Lüfte schmiegt und ohne sie nicht sein kann und nicht will in ihrem Seinserleben, genauso ist es, dass du Mich erlebst in allen Meinen Äusserungen,

als in ihnen Mein Verkommnis und Befehl, Mein Trachten und Mich selbst Beachten in der unveräusserlichen Bruderschaft, die Ich mit dir und deinesgleichen auf's Intimste pflege. Ich habe dich erwartet und warte nun nicht mehr, denn du bist Mein und Ich Bin dein geworden in der Alchemie des Himmels und der himmlischen Gefilde, die da sind Mein ewig lauteres Gewissen und Mein Sein, das raumlos, zeitlos in sich selber eine makellose Gnade ist des Existierens und des lichten Räsonierens im beseelten Schweigen der Glückseligkeit, in dem Ich Meine Ruh, Mein Sinngedicht und Meines Wesens lupenreine Glorie gefunden habe.

Mir selber zum Geschenk, gewahre Ich die Pracht der Universenwelt zu Meinen Füssen und sehe Mich mit ihr verziert, als wie mit einem Brautgeschmeide von unübertrefflicher Brillanz und Mustergültigkeit, Erhabenheit und Güte, die Mein Weistum sich erschuf und die Ich, satt von Weisheit, Seinsgerechtigkeit und Fülle, mit Genie und Raum bedachte, sich zu fühlen, zu vermehren und begeistert universenweite Schwünge zu vollziehn.

Von Meiner Warte aus ist alles seinsvollendet gut und freien Sinns in Meinen Sphären der unendlichen Barmherzigkeit und liebevollen Innigkeit in allem, was da Ist und seiner Einheit Zeuge ist mit Mir, in Mir und Meinem Mich-Beerben.

Dem ewig Zärtlichen und Wonnevollen meisterlich und mild, erhaben und beglaubigt zugetan, erhalte Ich Mich selbst im Guten und unterweise Meines Wesenseins Erscheinen mit der Folgerichtigkeit vollkommner Harmonie und mit dem absoluten Ebenmass der Seinsbewusstheit, die Mir eigen. Denn so, wie sich im Equilibrium der Sterne alles Universensein beschliesst, Bin Ich in Mir beschlossen und beseligt und besiegelt immerdar, indem Ich Meines Seiens Glück belausche und die diamantne Klarheit Meines Seiens in sich selber leuchten, strahlen und vibrieren seh. Ohne jede Absicht Bin Ich Mir Geselle und Gewähr für unerschöpflich heiteres und seinsentzücktes In-Mir-Wohnen und Meines Willens Blüte geht dahin, nichts mehr zu wollen und dem Sein die Krone aufzusetzen als in einem Wohlgefühl der Mitte sondergleichen, einem Melodienzug von wundervollem Mich-ins-All-Verwehn und einem Lächelnd-Mich-an-Meine-eigne-Ruh-Verspielen.

6.14
Hast du deine Schäfchen schon ins Trockene gebracht, will Ich dich füglich fragen? Denn es wollen dir Gewitter kommen von der Art der sausenden und brausenden Zyklone, die deine kleine Welt bewusst zerstören, damit du einer Grösseren, Bedeutenderen inne wirst in deinem Sein und Leben.
  Täglich, stündlich biete Ich Mich deinem bieder'n Horizonte an und heisse dich das Bessere wählen, das in Meinem Überwältigenden aufblüht und in dir die rettende Katharsis etablieren und bewirken soll, die allen deinen Wendungen, Verstiegenheiten und Malheuren einen neuen Sinn und Ausgang, Richtwert und Befehl verleiht, um dich behutsam aber konsequent zu Mir zu führen.
  Ich verlange nie zuviel, doch lange Ich mit Verve und Unerbittlichkeit zu dir hinüber, um in klaren Definitionen vor dir aufzurichten, was Ich in deinem Sinnkreis und Salut gebären will. Mach dir nichts vor, wenn dir die Stunde schlägt, die Ich dir taktvoll, dienstbeflissen und gehörig ins Gewissen trage. Denn es könnte sein, dass Mein Vorübergang nur einmal dir geschieht und dass Ich dann für namenlose Zeiten unerreichbar Bin für dein Verlan-

gen mehr zu sein, als nur ein ungestillter Schlendrian und Schatten deiner selbst im weltlichen Gepräge.

Sei offen und gehorsam Meinem Ruf ins Runde deines Lebens und entzieh dich nicht dem Brausen Meiner Winde, ebenso wie dem Geflüster Meines Inneseins in dir. Solang du selber dich umstürmst und deinen Eigenmut umkreisest, kann Ich deines Seiens Mitte nicht erreichen. Nur wenn du schweigst und schweigend vor Mir deine Schuldigkeit verrichtest, kann Ich dich mit Meinem väterlichen Aufwall kleiden und verseh'n, kann dir der Ewigkeiten Hilfe und Beglückung angedeihen lassen, die da sind ein Seinsbewusstsein von erschütternd graziösem Duktus und Bewahren, ebenso wie das Gewahren Meiner Huld und Schuld dir gegenüber, die dich wunderbarerweis in Meine Regionen heben will, zu deinem wahren Fortschritt und Gelingen.

Knuspere in Meinem Namen und Befehl an all den Leinen, die dich im begrenzten Umkreis deiner selbst gefangen halten, bis du frei und ledig bist, um deinem Sehnen nach Unendlichkeiten Auftrieb, Wohlfahrt, Fabelhaftigkeit und endliche Erfüllung zu bereiten. Du enthältst dich jeder Rede, währenddem Ich deine Wissenschaft in Bildern von berückender Prägnanz und Schönheit liebevoll vermehre, bis du alles weißt, was in Mir ist, indem du Mich wirst in erkennender Gewähr.

Tritt behutsam, leise, leise auf, auf Meinem Boden der holdseligsten Gefilde, die man sich erdenken kann, damit die Ruhe nicht gestört wird in den Paradiesesgärten Meiner Schicklichkeit und Meines schweigenden Gewährens. Es geschieht, dass Ich dir selber Pate Bin für eine Taufe sondergleichen, die von Meinen Himmeln zu dir strömt und, dich verklärend, alles aufhebt, was dich je bedrängte und versenkte, um dich, neuen Geists und neuer Würde, in Mein Strahlenreich zu führen. Ob dem Glanze, der sich fein und zärtlich um dich breitet, wirst du ganz verzückt und heiter stille stehn, um den Gnadenakt der allerletzten Weihe in dir aufzunehmen. Liebevoll und wahr bekränzen dich die Geister Meiner Dienstbarkeit mit jenen Wundergaben, die da sind: Bewusstes Schauen der All-Herrlichkeit, die Ich in Mir begründe, Lauterkeit des Herzens, die allein die wahre Liebe lässt erwachen, wie das exquisite Seligsein im An-Mir-Hangen strahlenden Gewissens und leutseligen Verstummens vor dem Glück in deinem Dich-Begründen als das Sein, dem aller Werte Wert und aller Liebenswürdigkeit Gespinste ist gegeben.

So sei's und höre nimmer auf zu sein im Ewigen, das alles einschliesst, was da ist und was Bedeutung hat für das, was kommt in aller Welten Sein und seins-glückseligem Erleben.

6.15

Kannst du wieder die Präsenz des ewig Schönen, Lieben, Guten in dir spüren, bist du allsogleich mit ihm verwandt in deinen innersten, geheimnisvollsten Zügen. Ich rate dir, dich dann auf keinen Fall an deinem glühenden Verstand zu stossen, denn er ist ein Hemmnis ersten Ranges auf dem Weg zu Mir und Meinem Reich der absoluten Unbeschwertheit und der strahlenden Bewusstheit, die Mir eigen.

Kontinuierlich steigert sich die Klarsicht in der Schau auf was du Bist in deinem Wesensein und deiner Konstitution, als Rohling für ein einmal wunderbar geschliffenes und graduiertes Gleichnis Meiner selbst, an dem Ich Mich sowohl im Sinn der schöpferischen Qualität, wie auch im Quantensprung des liebevollen Mich-an-dich-Veräusserns übe.

So wird es wahr, dass deine Note des Empfindens Meiner Gegenwart in dir, sich allgemach zur duftenden Vollendung stilisiert und seinen Ruhm verbreitet überall, wo Ich ihm schon ein Heim und einen liebevollen Hort bereitet habe. Es hebt sich deiner Wesenheit Profil und Stärke über das der Masse segensreich empor, um ihr ein Beispiel Meiner Gunst und Kunst des übersinnlichen Entwurfs zu geben, der im Lebendigen verborgen liegt, das Ich mit Andacht und Gewissenhaftigkeit herangezogen habe.

Ich wärme niemals etwas auf, das Ich schon souverän und folgerichtig hinter Mir gelassen habe. Es geht darum, auf Altgewordnem Neues, Genuines aufzubauen, das dem Staunen Nahrung ist und dem Bewundern Tür und Tore öffnet im begehrten Glanz der Tage, wie der Nächte Sternenmeer.

Siehst du etwas kommen, das von Mir und Meinem Eifer des Gestaltens Zeugnis gibt, so weiche ihm nicht aus und schliesse dich ihm an im feinen Überlegen, dass aus dem Begegnen dir stets ein immenser Vorteil und ein freudenreiches Résumé erwachsen kann, von Mir gespendet und zum gütestrahlenden Erfolg geführt.

Sehnst du dich nach wohlgeborgenem Dichselbst-Erfühlen, legt sich dir so etwas wie des Lammfells wärmespendender Gehalt um Rumpf und Glieder, dass es eine Freude ist, dich wohlbehütet und galant in deinem Element zu sehn.

Das zeigt, wie sehr Ich immerzu darauf bedacht Bin, deinem Dich-Befinden neue Werte und Bekömmlichkeiten beizufügen. Segnend und gestaltend überwalte Ich Mein Schöpfungswerks Erringen und betone dabei, dass es Meine Absicht ist, dem Gleichen als im Gleichnis Wunder über Wunder beizufügen.

Trachtest du nach mehr, dann trachte Ich sogleich nach Mehrung deiner Kräfte, Säfte und Gediegenheiten, um an dir die Einung und Vereinigung mit Mir voranzutreiben; denn dazu bist du berufen und erwählt, berechtigt und schlussends in Meine Himmel aufgehoben.

Was dich dort erwartet, ist das Furioso der Glückseligkeit, von dem Ich Mir den Nimbus und die Sage zugelegt und eingerichtet habe. Willkommen sei in der elysischen Behutsamkeit, mit der Ich Meine Heiligen empfange und umfange, dass sie Meines Naheseins Überschwänglichkeit, Gesetzestreue und Beglückung wie ein all so zärtlich Liebeslied vernehmen.

Hast du Flügel, ja, so breitest du sie aus und schwebst in dem Entzücken einer Freie ohnegleichen durch die Sphären Meiner Allpräsenz und Meiner Lichtheit, deren Ich Mir kundig Bin in unerschöpflichem Mein-Sein-Verehren. Liebst du Mich, so liebe Ich Mich selbst in dir und deinen Artgenossen. Immer ist das Sein ein in sich selbst geschlossenes System, das seiner Weisheit, Weichheit, Wonne und Bewusstheit Zeuge ist seit Urbeginn und in der unnachahmlich gloriosen Märchenhaftigkeit der Zeiten.

Die Gewahrnis, dass du Bist, gibt dir das Recht, dich Göttersohn zu heissen. Der Aufstieg in das Licht erweist sich dir als die Vereinung mit den Wesen ewiger Seinsglückseligkeit und Minne an der Geistsubstanz, zu der du dich erhoben und deren Glanz das Medium ist, in dem sich alles wunderbarerweis vollendet und auf's Innigste und Reinste hegt und liebt.

6.16

Wes Abbild immer trägt dein Medaillon, sei es des Kaisers oder einer Lieblichen Gesicht, es ist auf raffinierte Art mit Mir verbunden, indem es ohne Meinen Eintrag in den Spender und die Spenderin des Vorbilds nimmer existieren könnte. Es ergibt sich aus den Lebensfakten, dass vom Oberen zum Unteren und vice versa immerfort ein reger Austausch existiert von Informationen, die dem Sein der Dinge Dauer und Lebendigkeit verleihen. Jede noch so winzige Gebärde findet so den Ursprung und die Seinsgesellichkeit in Mir, dem Weltgestalter und Erwecker aller Dinge, Tröstungen, Bedenklichkeiten und Erhabenheiten im Allhier.

Ich finde jeden Eintrag in Mein Sein als wie in einem Buche punktgenau und unverzüglich, wenn Ich in ihm Förderung, Begütung oder Remedur betreiben will. Mein Überragen ist in jedem Fall der Grund für die Präsenz und Weiterführung der Geschichte myriadenfältig, allum-fassend, seinspoetisch, schlicht und wunderschön.

Migration und Austausch zu betreiben, ist Mein wohlerwognes Pokerspiel, um Farbe, Mehrwert und Besonderheiten auf's Tapet zu bringen, die vor aller Welt in Siegeslust erglänzen und der Ehre und Bedeutung Meiner Dispositionen Vorschub leisten.

Gefällst du dir in deiner Rolle als ein Teil von Mir und Meinen gnadenvollen Dienstbarkeiten, zähle Ich dich zu den Weisen und Behütern einer Seins-Kultur von hohem Rang und wissendem Durchschauen der Gegebenheiten. Dein Erkennen macht dich weise, licht und schön und hilft dir in die Allerfreundlichsten und Friedlichsten der Sphären einzutreten, denn das Ziel der Evolution ist: Freude, Harmonie, Beseligung und Güte zu erreichen.

Mir ist das Wohl der Meinen so am Herz gelegen, dass Ich alles unternehme, um dem Geisteskern in ihnen gut zu sein und sie dazu anzufeuern, voll Begeisterung ihr Werk und ihren Handel zu betreiben im Bewusstsein ihrer Würde, als in Mir verankert und gestählt, als Trieb und Inbrunst Meines eignen Lebens und Beseelens Meiner Wohlfahrt an der Welt, wie Meines Inneseins in ewig schwebender Glückseligkeit und Wonne, nicht von hier.

7

Kennst du das Sein

7.1

Novità! Gibt es denn für dich noch Neuigkeiten ersten Ranges, wo die klugen Menschen alles doch zu wissen scheinen, was vonnöten ist für ein behäbiges und wohlbekömmlich's Leben im Allhier. Kennst du das Sein? stell Ich dir eine Frage und eine Falle zugleich, in die du sicher tappst, weil es hier keine Antwort geben kann in der Allüre der Sensoren, Professoren, Wahrheitsklitterer, Gefühlsvulkane und gewieften Tänzer auf dem glitschigen Parkett der wissenschaftlichen Befunde: unantastbar, offensichtlich und gediegen.

Dabei Bist du, was du bist und willst nicht merken, dass Ich in dir Bin das Sein und damit das Gefüge deiner Welt, so unersetzlich wissend, weise und gedankenfroh, dass sie ohne Mich im Nu in sich zusammenfällt, allwie ein Kartenhaus vom Windhauch angeblasen.

Sind die Füsse schwach, so geht das Ganze dem Ruin entgegen. Bist du anderswo als unter Meinem Dach, so kannst du was erleben. Deine Gründe zu begründen, ging Ich aus, noch eh du dich erkanntest und so Bin Ich denn der Hort und deines Seiens Haus in immerwährender Bestätigung von deinem Sein und Wesen.

Was ist es nun, wes' du bedarfst in deinem Wittern und Gewittern um den Sachverhalt genau zu kennen, in welchem du wie ein Verlor'ner stehst und wie ein Irrer durch die Tage rennst, dem unausweichlich festgelegten Ende straks entgegen? Des Innehaltens Wohltat täglich für ein Weilchen tut dir Not, um die Erkenntnis, was du Bist, in Würde zu erlangen. Enthebst du dich der eigensinnigen Gedanken, gibst du Mir Gelegenheit, in dir auf den Geschmack zu kommen der gedankenfliegerischen Akrobatik, welche du auf's Höchste ehren und bestaunen kannst und musst in deinem lockern Tanzlokal. Hebe du den Blick Mir zu, indem du in dich gehst und so Mein Universum findest, das von Kraft und Herrlichkeit, von Güte, Trautheit und Bewusstheit eine Saga ist von nie verebbendem Bewähren.

Unendlich gross ist Meine Gunst dir gegenüber, weil sie im Grund Mir selber gilt in deinem Dich-Betragen. Öffnest du dich, wird dir die Idee von Welt und Leben weit und riesengross, derweil du bist in Mir auf's Innigste geborgen und zu allen Himmeln der Beschaulichkeit erhoben. Es klart in dir genauso, wie Ich Bin im Klaren, Unvergänglichen und ewig Heiteren auf's Beste etabliert und mit Mir selbst im Reinen. Ein Fundus Meiner selbst Bin Ich in wunderbar gesättigten und sieggewohnten Graden. Mein Bild von Mir ist der Gefälligkeit der Sternenwelt entstiegen und versetzt Mich in ein wonnevoll und wunderbares Seinsentzücken. Bin Ich gesegnet, bist du's auch und sind die Lebenswege Mir geebnet, sind es auch die Deinen.

So entgleite Ich vom Hier und Bin doch da in makelloser Seinsgeschwisterschaft mit allem, was da Ist und will in Mir noch werden. Ich traue, schaue und erbaue Mich in allen Regionen und reiche dir die Hand zum Sein und Wesen in Glückseligkeit und Weltgedankenfrische, wirkungsvoll und wunderbar.

7.2

Das Nun von Gottes Ratschluss und Befehlen trägt sich unerschütterlich durch alle Lebenszeit voran. Es rüstet sich, es brüstet sich, den Schlachtenplan zu kennen, der soviel Einsatz, Klugheit, Tatendrang und Virtuosität verlangt allüberall, wo scharf gekämpft wird von den Chefetagen bis zum Werkplatz der Getreuen, die dem Allgesetz von Soll und Haben unterstehn.

Wo gewichtiger Gewinn vorhanden ist, braust Jubel in den Hallen auf und trägt sich vom gemeinschaftlichen Hier hinaus, hinauf in Meiner Sternenräume lockendes Revier.

Gelingt es dir, dein Sinnen von dem Kleinmanierlichen ins Grandiose auszuweiten und dabei die Dinge all in ihrem Sein und Trachten füglich miteinander zu verbinden, trittst du ein in Meines Denkens alles überragende Struktur und bildest dir Zusammenhänge, die vom festgestampften Erdreich in die unberührbar lichten, seelenvollen Geistgebiete reichen.

Deiner Ansicht von der Welt ist eben Meine strikt und wohlgemut hinzuzufügen, denn dem Runden und Vollendeten gehört vor allem Meine Aberrundung tunlichst an und die will dich in seine Arme, Absicht, Algorithmik, Aufgeschlossenheit und Anmut zieh'n. Es geht nicht an, dass du Bedenken äusserst, ob du würdig bist und fähig, dich dem Göttlichen zu nah'n. Denn in dem Mass, in dem du dich ihm zuneigst, neigt Es sich voll Grazie und Achtsamkeit dir zu, um deinen Trost im Lebensritual und in der Wirrsal deiner Angelegenheiten liebvoll zu besiegeln.

Denn im Grund der Dinge kann es nichts Getrenntes geben. Alles ist von Mir, in Mir und durch Mein Sein im selben Element als in dem Einen aufgeblüht, lebendig und von Mir beseelt und geht der Selbsterkenntnis vehement und zielbewusst entgegen.

Reise du und reise in Mir und durch Mich dem ewig Göttlichen als deinem Sein begeistert, voll Vertrauen, Liebe, Wärme und Geduld entgegen und erfahre immer ungestümer Meiner Huld Bedeuten, Aufbruch, Läuten und herzinniges Verklären.

Alles was Ich Bin, erweist sich in dir als der Gipfel deines Selbstgenügens und die wunderbarste

Fügung in der grossen Fuge, die Mein genialer Lautenzug ist in dem universenweiten Spiel von Weltenschöpfers Gnaden.

Zieh Ich Mich zurück, so rückst du mit Mir in die gütestrahlende Unendlichkeit des Schweigens, das Mein Ein und Alles ist, der Anfang Meiner Zuflucht und das endliche Erreichen einer absoluten Seins-Glückseligkeit, in der Ich unantastbar, licht und würdig, weiselos, gelassen, selbstbewusst, wahrhaftig und dem reinen Sein erlesen in Mir wese.

7.3

Schaffe Frieden im Gemüt, indem du von weither die Güte und Barmherzigkeit der Himmelsgeister auf dein Wesensein hinunterbittest und dich dabei auf das Recht berufst, in freiem Überschwang und frohgemuter Seelenstimmung im Unendlichen zu wesen.

Schlicht und feurig, innig und charmant soll die Beziehung sein, die du zu allen Zeiten mit der Restwelt pflegst, um dein Gemüt stabil zu halten und der Verspieltheit deiner streunenden Gedanken ganz bewusst ein Ende und ein klares Ziel zu setzen. Es sei, dass dein geregeltes und meisterhaftes Überlegen, wie eh und je, um Meine Mitte kreise, womit der Lockruf der Versuchung rasch verhallt und die Bedingungen des Friedens deine Wege ebnen und dem Sehnen hin zu Mir ohn'Aufschub freie Fahrt gewähren.

Willst du Remedur, so will Ich just dasselbe auch in dir, weil das Prinzip der Gleichgestimmtheit und Getragenheit der Seinsideen eine Wahrheit ist von unumstösslichem Befund und von des Himmels gütevollem Sagen. Das Netzwerk der Barmherzigkeit hüllt alle ein, die sich ihm freiem Sinns und unbeschwerten Trachtens voll dahin- gegeben.

Es lässt die Seele sich in Labsal winden und ihr Befinden öffnet sich der geisterfüllten Glorie der Weiten, um darin in bewusster Heiterkeit und liebevoller Selbstverständlichkeit am Sein und Wesen zu bestehn.

Keine Sorge lass Ich in dir keimen, wenn du Meinem Strahlenfeld dich anvertraust und damit über allen Wipfeln Meine Ruh geniessest, weich und sanft und zart und wunderbar.

7.4

In Sachen der Erkenntnis kann man nicht im hergekomm'nen Sinne Red und Antwort stehn. Es muss sich jeder dem gewissenhaften Meditieren unterziehn, um höherer Einsicht würdig und gerecht zu werden. Das ist heut, wie eh und je, die Forderung, die an die regen Rätselforscher in der Welt ergeht, damit sie eben fündig werden dort, wo soviel andere nichts sehn.

Ich Bin und wese in Mir selbst, will Ich hier unvermittelt sagen zum Zeichen der erklärenden Gewissheit, die Ich strahlend in Mir trage. Jede Chance ist dir offen, demselben Sachverhalt genauso auf die Spur zu kommen, wenn du nur willst das Geistige als gegeben akzeptieren, das Ich mit solcher Vehemenz und Überzeugung postuliere.

Nun fang erst einmal an mit dem tiefinnigen Besinnen auf dich selbst, indem sich dir schlussends das Universum offenlegt, das, wunderbarerweis in dich geschrieben, vor dir liegt. Es ist entziffert von den Weisen und soll auch von dir entdeckt und inniglich verstanden werden. Ich führe dich dazu und leiste, was du nimmer für dich leisten kannst im Weltsinn, dem du dich so sehr verschrieben.

Genese an Mir und den Meinen und du ragst in deinem Seinsgewissen als ein Gipfel der Verständigkeit weit über alle Hügel des landläufigen Belehrens. Deine Kunst ist dann die Meine wesenhaft geworden, wenn dich die Gewissheit von dem Übersinnlichen zutiefst beseelt und deiner Tage Licht und Inbrunst ist im Leben.

Einen Psalter rigoroser Dankbarkeit magst du nun beten für den Charme der Seinsbelehrung, die dir gütevoll von Mir zuteil ward in der Morgenröte einer glückerfüllten Zeit, die vor dir aufgebrochen ist als eine Knospe hellen Heils in Meinem Wundergarten.

Besinne dich darauf und leuchte dir ins Ewige heim an Meiner Hand im liebevollen Mich-an-dich-Vergluten.

7.5
Das Sein, als das Ich Mich erkenne in jedem Menschen, wie in jedem andern Weltending, das Ist, erklärt sich aus sich selber als gegeben und begriffen und der Selbsterkenntnis vorgeführt.

Bin Ich so, lässt sich aus Mir einjedes Phänomen im ganzen Kosmos lückenlos erklären, als Gegenstand von Meines Saatgedankens Zierde und Befehl, allwie von Meines Könnens Überschwang und sakrosanktem Lehrsatz an die sprossende, in sich holdselige Natur.

Was alles weidet nicht auf Meiner grünen Trift und Gegensätzlichkeit zum Besseren, als es schon war. Wie fromm und edel muss Ich Mich im All bewegen, um nicht durch Mich selber aus der Bahn geworfen und zerstört zu werden. Staatsmännische Geduld ist Meiner Hoheit angemessen, ebenso wie Drill und Druck, wo sich die Dinge stauen und dem Weltenbürger auf die Nerven gehn. Mir ist gegeben, einmal alles und dann wieder nichts zu sein im weltenbürgerlich geschulten Sinne, den zumeist die tapfern Philosophen als das Mass und das Vollbringen ihrer denkerischen Akrobatik und Verstiegenheit in Anspruch nehmen.

Glaubwürdig ist Mir nur, was aus der Fülle Meiner selbst in reiner Absicht, Seinsbewusstheit und Entschiedenheit entspringt. Im Finstern tappen die Gelehrten allsolange, wie sie es vermeiden, Mich in ihrer Mitte als getreuen Inspirator, Segenflüsterer und Hüter der Wahrhaftigkeit zu sehn.

7.6
Ich nehme dich beim Wort, wenn du Mir kundtust, was du wissen willst von Mir. Auf jede deiner Fragen weiss Ich die geniale Antwort dir zu geben allsolange, bis du dir bewusst wirst, was du darstellst als lebendiges Sein und Wesen im unendlichen Zusammenhang und Klang, in dem die Universenwelten sich befinden.

Du mauserst dich vom aschenbrödlerischen In-die-Welt-der-reinen-Nützlichkeit-Verstossensein zum König deiner selbst, der sich sowohl als ichbegabtes Wesen, wie als Bürger der Unendlichkeit erkennt in seinem Dasein, das im Jetzt sich abspielt, vom Vergangenen zehrt und in die Zukunft gleitet, die es selber sich bereitet täglich, stündlich im Allhier.

Ich rate dir, dein Da-Sein in jeden neu erwachten Morgens Schimmer für ein weihevolles Weilchen innig zu bedenken, damit nicht nur der Blick der Augen, sondern auch dein Selbstbewusstsein wach wird und gestählt für die Ereignisse, die dich im Tag für sich gewinnen wollen und nur allzuoft dein schläfriges Präsentsein korrumpieren in der raschen Folge von Entscheidungen, die dir erbarmungslos obliegen.

Ich erwähne nichts, was du nicht auch schon weisst in deinem Dich-Begründen. Doch mach Ich dir's bewusst, dass es in dem Moment, wo's du gebrauchen kannst, dir zur Verfügung steht in der blitzsaubern Klarheit der Gedanken, wie im warm durchpulsten Herzgefühl.

Um ein wahrer Mensch zu werden, muss dir Übermenschliches geläufig sein, das Ich dir präsentiere und mit dem Ich dir gewissenhaft, getrost und unbeschwert voranmarschiere.

Innehalten heisst nicht träge sein zuzeiten, sondern wach und aufmerksam dein Sein betrachten, um dann mählich zu bemerken, wie es in dem Meinen ruht, ja, Meines ist in wunderbar geheimnisvollen Zügen. Du lernst dich wie von aussen anzusehn in deinem Handeln, Wandeln und ein Opfer oder ein erwachter Selbstbestimmer frank und frei zu sein in freudevollem Selbstgenügen.

Errate du, was Ich dir Bin in deinen täglichen Ambitionen und Bedingungen des Lebens. Es kann nur sein, dass Ich dir Mass und Stütze Bin in deiner hochkomplexen Leiblichkeit mit allen ihren Funktionen, ebenso wie deinem Seelensein, das nimmer fähig wäre, ohne Mich zu existieren und zu prosperieren, vernünftige Entscheide vorzuweisen und das Dasein zu geniessen wunderbar.

Halte dich mit Mir verbunden, wie das Werdende mit Mutters Nabelschnur und wisse, dass der Geistkeim, den Ich einst in dich gelegt, nur wachsen und gedeihen kann, wenn Ich ihn tag und nächtig für dich nähre. Über solcher Gnade sollst du sinnen und beginnen Mich in alle Werte einzufügen, die du an den Fingern vor dich herzuzählen fähig bist in Mir, denn Meine Runden sind, intim gesehn, die Deinen und deine sind Mein Schicksals Ausgebreitetsein in kosmischer Betriebsamkeit und in des Himmels seelenvollem Mich-Behüten. So ist

Mein Sein in allen Dingen, die da sind, genau dasselbe Fluidum der Exzellenz am Leben, Sein und Weitertragen, im Ermächtigen zum freien Handeln oder Stillestehn, wie in der Fähigkeit zum genialen Generieren wunderbarer Schöpfungen, denen in Bezug auf Eleganz und Innigkeit, bewundernswerter Dichte, Schönheit, Lieblichkeit und Grazie des Erscheinens anzumerken ist, dass sie in nichts den Meinen nachstehn, weil es eben Meine sind, wenn du dich über ihnen recht besonnen.

Heisse dich Verklärter und Beglückter und Beseligte, wenn du dies alles als in dir und deinen seinsbewussten Tagen webend zu erkennen dich erkühnst und öffne dir damit die Sicht auf ein so glorioses Menschensein, dass du begeistert ausrufst: „O wie blind war Ich und Bin nun sehend und zutiefst beglückt das Wesen der Allherrlichkeit geworden, dessen inneres Glück aus seinen Augen strahlt und das voll Liebe sein Bewusstsein über alles breitet, was da Ist und ramponiert und raschelt, zieht und flieht, verwundert und verwundet ist und alleweil gesegnet, wohlgeboren und auf's Zärtlichste geliebt in Mir und Meinem unermesslich wonnevollen und glückseligen In-Meiner-Weise-losigkeit-Beruhn.

7.7
Ohne Verzug zu handeln heisst, der Spontaneität den Vorzug und die Ehre angedeihen lassen. Wer aber hat die Möglichkeit, die Konsequenzen solchen Handelns bis ins Letzte abzusehn, wenn nicht allein das Eine, das Ich Bin und das im Weltgedächtnis blitzschnell das zusammenrechnet, was in dieser oder jener Art des Weitergehns

geschehen würde, um dann füglich zu entscheiden, wie das Künftige gestaltet werden soll.

Eine wunderbare Logik liegt in der Erkenntnis, dass nur das All-Gewissen regelrecht entscheiden kann über soviel Einzelheiten, die geruhsam oder eilig, zackig oder voll Bescheidenheit im Raume stehn.

Der wahre Fortschritt kann nur aus der Kenntnis aller Fakten, Akten und Reaktionen folgerichtig, effizient und kreativ über die so sehr umstrittne Lebensbühne gehn. Per Saldo aller Kräfte soll sich Mir mit somnambuler Sicherheit ein Plus ergeben über Zeiten und Äonen hin, die Ich gestalte und erhalte und mit Energie bedenke, liebevoll und wahr.

Warteschlangen sind Mir stets ein Gräuel, weil sie aus dem Mangel an Voraussicht und entsprechender Beförderung entstehn. Nur Mir ist es gegeben, klargesichtig, was geschehen wird, zu sehn und so sei dir geraten, dich für sichere Prognosen ungeniert an Mich zu wenden, um im Fluss der Intuition den sachgerechten Ratschluss zu erreichen in der Kunst des unbeschwerten Weitergehns.

Das Chaos in der Welt entsteht nur, weil Vereinzelung noch gang und gäbe ist und sich zu viele Lebenskräfte im Gezerre und Gezeter der Myriaden als umsonst verpuffen erweisen. Nur das göttlich Vollbewusste, das Ich propagiere und geflissentlich vollzieh, ist fähig, Ordnung in den Kosmos der Gefühle und Gedanken, der Verschlungenheiten und Verkrampfungen zu bringen, dass die Dinge in sich selber sich erlösen und Friede und Besonnenheit in die Gemüter einkehrt, die Ich väterlich, nachhaltig, kompetent und siegessicher zu betreuen suche.

Bist du sicher, dass das Lächeln, das dir über Wangen, Blick und heiteres Gewissen huscht, dir zugehört in deines Seins Agieren und Gesprächigsein, Voltieren und Vernünftigkeiten produzieren, die dir wohl anstehn in des Lebens Zweck und Ziel. Ganz leise lispelnd sag Ich dir ins Ohr: „Ich Bin es, der in deinem Wesen und in allen seinen Äusserungen in Erscheinung tritt, galant, brüskant, behutsam, rabenmütterlich, erregt und friedestrahlend, wie es immer die gewisse Situation erfordert, der du gegenüberstehst."

Heillos sind die Schranken, die Ich dir noch auferlegen muss, um dich mit Sicherheit und Grazie zum hohen Ziel zu führen. Meine Absicht jedoch ist es, dir den Charme der Freiheit ungesäumt zu überlassen, wenn du Mir bewiesen hast, dass deine Selbstbeherrschung und Bewusstheit jenen Grad erreicht hat, der dem Meinen in nichts nachsteht und der liebevoll gesättigten Erkenntnis des Ich Bin geweiht ist, wesenhaft und wirksam, seinsbewusst und wahr.

Ich buchstabiere dir das Résumé von Meinem Mich-Bedenken lächelnd in die Ohren, wenn Ich sage: „Tritt in Meinen Bund der Seinsverklärten unverzüglich ein, indem du dir bewusst machst, dass du bist Mein Wesens Glorie und Glanz, der Spiegel Meiner Absicht und das Meer der Seinsglückseligkeit, in dem Ich Mich erkenne als gesundet und gerundet, graziös und liebenswürdig, selig, licht und wunderbar.

7.8
Von Mir Geschulte streben nach vollendeter Geschicklichkeit im Leben, Tun und Treiben, dem sie unterworfen sind. Frei sind sie, die Gaben Meiner Gunst auch so zu brauchen, dass kein

Unheil d'raus entsteht und ihre Tage sich, jedwelchen Mangels bar, in reiner Seligkeit vollenden.

Wo ist die Lebensmühsal denn, wenn dein Gewissen dafür glänzende Erfolge, Fülle, Fabelhaftigkeit und Grazie gewahrt. Es ist der Weg in eine wundervolle Zukunft, der dich lockt und listig macht und lustig an den hunderttausend Kapriolen, die das Leben dir entgegenträgt und dich damit beschäftigt kreuz und quer.

Doch magst du noch so sehr bestimmen, was dir günstig und gelegen ist in deiner Litanei von furiosen Taten, Reisereien und Vernünfteleien im Getriebe, das du produzierst, so ist es mehr als nützlich, dich in täglicher Versunkenheit vom Alltagsdenken zu befrei'n, damit das Ich-Gefühl gestärkt wird und du dich erkennst als Wesen der Gemeinschaft, unweigerlich verbunden mit dem Mensch- und Weltenwohl. Höre und erhöre, was Ich dir ins still geword'ne Seelenkämmerlein diktiere: "Wisse, dass Mein Sein allüberall vom Hier bis zu den Strahlensternen reicht im Nachtraum der Unendlichkeit, den Ich mit Meinem hochpotenten Geisteslicht durchfahre. Sieh dich als Gedanke Meines Mich-ins-All-Verflutens und erlebe dich als Sein vom Sein in dir. Trau Mir, wenn Ich dir nun besage, dass du Bist Mein Ich und dass Mein Herzgefühl das deine ist in allen deinen Lebenslagen. Wenn du denkst, so denke Ich in dir des Weltgedankens Sinngedicht und Streben. Deines Freiseins Züge sind, genau bemerkt, die Meinen und führen ins Allherrliche, sowie zuzeiten auch ins Desperate unbedingt hinein. Es ist das Weltensein von Meiner Weisheit Licht gar liebevoll durchzogen und diese führt zu Einsicht, Redlichkeit und gütestrahlendem Gerechtsein an den Wesen allen, die da sind und sind von Mir. Versinke Ich ins Schweigen, versink Ich auch in dir und atme wunderbarerweis den Duft der ewigen Glückseligkeit, in der Ich Mich zuinnerst und zuletzt befinde in der Einheit allen Seins und in der Glorie Meines Mich-bewusst-im-Universensein-Erlebens.

7.9
Wer deutet dir das Schweigen in des Seins Ergriffenheit und Wahl. Ich Bin's, indem Ich deiner Mich verwende als in einem liebevollen Kontext der Gemeinsamkeit im spielerisch gefärbten Sein und Tun.

Was der Verzicht auf Worte dir bedeutet, ist an Meinem Horizont und Gluten die vollendete Absenz jedwelcher himmelstürmender Gedanken, die so oft und leichthin in die Irre gehn. Das macht, dass Mein Bedeuten in sich selber sich erklärt, als Sein vom Sein in allen selbstbewussten Daseinsgraden. Ich erkläre Mich als ewig fit und schön, als reiner Reichtum der Gefühle, ebenso wie die erhab'ne Fülle göttlicher Vernunft, aus der die fabelhaften Schöpfungen hervorgehn, die sich in deiner Welt dem wachen Aug entbieten.

Gesprächig werde Ich erst dann, wenn es in Meinen Niederungen darum geht, das Schöpfungswerk zu loben und dem so Vollendeten Bewunderung und Ehrfurcht abzustatten mit vereinten Kräften im Allhier.

Es perlen Worte von den Mündern seinsvernünftiger Wesen, die das Unbekannte meinen, das Ich Bin in ihrem Windspiel und Gehaben, ihrer Aggressivität, genauso wie in der erklärten Friedefertigkeit, in der sie sich zum Wonnesein und zur Erlöstheit des Gemüts erheben. Ich hind're niemand daran, Seinsbewusstheit, absolute Seelensicherheit und überragende Natürlichkeit des Daseins zu erlangen, denn eben diese Qualitäten sind von Mir ein Zeichen des geschwisterlichen Inneseins in ihnen, wie in allen Dingen des Erscheinens in der kosmischen Struktur.

Mahnend steh Ich an der Schwelle, die von deinen denkerischen Illusionen ungesäumt zu Meinen Wirklichkeiten führt im Geistreich, das Ich meine.

Was sträubst du dich die Schwelle frank und frei zu übertreten, die in die Bewusstseinsräume führt von Meiner Provenienz und Güte, Meiner Lichtheit, Wohlanständigkeit, wie Extravaganz in vollen, tatenreichen Zügen. Ich klopfe überall, wo es Mir passt und es wird aufgetan, um Mich in Mir gebührend herzlich zu empfangen und die Herzensfreude darob zu gewahren.

Es spintisiert sich leicht, wenn das Bewusstsein von der Welt umfassend ist und transparent und eindringt in die feinsten Ritzen des bewussten Über-Mich-Verfügens. Manchen Bin Ich wesentlich zu gross, als dass sie sich getrauen, Hand an Mich zu legen; manche gar verdrängen Mich aus ihrem Denken von der Welt, indem sie glauben selber so bedeutend und beliebt zu sein, dass ihnen alles hörig und gehörig ist, was sie mit ihrem Sein berühren.

Komm doch, o komm in Meiner Mitte ewig unbescholt'nen Schoss und mache dir's bequem im Reich der hunderttausend Gnaden, das Mein eigen ist, wie dein's, sofern du's recht verstehst. Sei billig in Bezug auf was Mein Sein betrifft und überrasche Mich mit dem Geschenk und deiner Geste der Vertrauensgaben, die du Mir entgegenbringst, in Herzlichkeit umkreisend Meinen Pol.

So sei's und sei's mit uns in Wonne, Wohlfahrt und begeisterndem Elan am Guten, das durch uns geschieht und sich in alle Weiten breitet unseres Bewusstseins am allweltlichen Gedeihen.

7.10

Wer sich in Mir findet, findet sich im Zeitenlosen wieder, das da ist ein Zustand der Bekömmlichkeit am Sein, das dem beschieden, der da Ist, derweil das Zeitliche, so wie er's möchte, vorwärts, rückwärts oder stillesteh'nd, allwie ein Filmband vor ihm seine Bilder präsentiert.

Glaubst du an Geister. Sie sind da, wenn du den Gleichmut aufbringst, im Bewusstsein in ihr Fluidum zu tauchen und im innern Wort von ihnen zu vernehmen, was du sollst, was opportun ist oder nicht und was sie dir in worteschaffende Gedanken giessen.

Was du dir bist, ist ihrer Heilkraft und Beförderung anheimgegeben. Was du leistest, leisten sie in dir. Es ist ein wunderbar gesittetes Zusammenwirken in den Sphären des Gerechtseins und der Liebe an des Weltenwesens Wohl.

Wie hilflos wärest du, wenn nicht die Himmlischen in immerwährendem Gedulden dich begütigend, belehrend glockenrein umschwingen würden in der heiligen Präsenz, die ihnen eigen. Das Übersinnliche eröffnet sich dir in der Schweigsamkeit der redenden Gedanken, die vom Wesen der Erhabenen zu deinem strömen. Bitte, bitte folge dem, was sie dir so besagen, lausche dem unendlichen Geflüster, das dich mild und liebevoll umflort und lass dich gütlich und galant von ihm zum Lichte des Erkennens führen.

Du bist mit allen, die da sind in einem Einssein ohnegleichen inniglich verbunden und gehörst dir selber, wie der Gottheit, unmissverständlich glorios und machtvoll an in der erlesenen Gemeinschaft, die die Herrlichen und Überzeugten wissend bilden. Sei du einer von den ihren und benimm dich so wie sie, damit der Trubel der Geschichte sich formiert

zum ruhig breiten Strömen tatenfroher Seinsgerechtigkeit und makellosem Frieden.
Sei und singe dem Erhabenen sein Lob, singe und beglücke, was du Bist, im liebevollen Dich-ans-Ewige-Vergeben.

7.11
Wie viel Majestätisches und unverrückbar Wesentliches liegt doch wohlverwahrt in Meinen Händen, dem des Seins allüberragendes Bedeuten zukommt, akkurat in diesen Meinen Erdentagen.
Komme was da will. Es anzutasten ist unmöglich, mitten in der unzählbaren Schar der Möglichkeiten, die da sind eröffnet und vergeben und vermehrt von Mir. Solcher Einsicht inne, strafft sich Mir die Überzeugung, dass das Sakrosankte, Heilige und Unverwesliche das eigentlich Bedeutungsvolle ist in Meinem Sein und Wesen, das Ich durch Äonen weitertrage.
Ich habe die Geselligkeit erfunden, indem Ich Mich im mensch- und göttlichen Bereich ausgiebig mit Mir selber unterhalte. Demnach ist Mir das Alleinsein völlig unbekannt geworden, schwirren doch die Worte und Berührungen, die Sympathien und ihr Widerpart, die Wallung des Empfindens, wie die Harmonie des wunderbaren Einigseins in Meinen Gründen, intensiv und unablässig her und hin.
Gelehrsamkeit in Meinen Reihen setzt sich in Beziehung zu den rätselhaftesten Erscheinungen im Weltgeschehn und versucht mit wissenschaftlicher Raison die Gründe für das So und So herauszufinden - und findet diese eben nicht, weil das Bewusstsein vom Verflüchtigen der Dinge in Mein Geistiges im allgemeinen Forschertum noch

all zu wenig zum Begriff geworden ist, selbst in den genialsten Wissenskreisen.

Was glaubst du, dass es braucht, dahin zu kommen, wo Mein Bild in wundervoller Anmut vor der Menschenseele steht und ihr die Fülle deutet, die aus Meinem hochpotenten Sein entspringt und alles, was da Ist, hervorbringt in Mustergültigkeit, Geschmeidigkeit und Rasse, sakrosankter Lieblichkeit und Weisheit ohnegleichen.

Nur dass Ich zweifellos in allem bis ins Allerkleinste Bin, ist von den Menschengeistern zu erkennen, worinnen sie sich endlich bis ins tiefste Recht verstehn und Meine Sicht mit Vehemenz und innewohnender Erkenntnissicherheit vertreten.

Dann sind sie Mein und Ich Bin ihres Handelns, Wandelns und Bestehns erlesene Gefolgschaft, Mitte und ins Künftige versponnener Gespan. Ich beglücke Mich in allen, die sich glücklich machen an des Weltenseins Gepränge, Anspruch, Widersprüchlichkeit und innigem Verstehn. Im Grund Bin Ich ihr Sein und ihres Seins glückseliges Gefieder, das aus dem Ewig-Guten sich ins Dasein breitet und im Sternenreich ihr Ende findet in unendlicher Beglückung, Selbstbewusstheit, Siegessicher-heit und Harmonie.

7.12
Natürlich seh Ich dir sogleich an deinen Augen an, ob du in Wahrheit glücklich bist und keiner Sorge Mief mit dir herumträgst in der Zeit der Seinsvaganten und saloppen Profiteure.

Ich fördre, was sich ziemt und spioniere Ausgefallenem und Wildgewordnem nach, um es beizeiten auszumerzen. Was trägt zur allgemeinen Sitte bei, ist unbedingt in dieser Zeit zu fragen? Eine Hand, die sich getraut, dem Übel auf den Grund zu gehn und die Gelegenheit nicht zu verpassen, reinen Tisch und unbesorgte Heiterkeit zu hinterlassen, Tag für Tag, in ihrer Wirksamkeit und ihrem wunderwirkenden Gehabe.

Nicht neun schon drei vor Zwölfe ist's, um eine Wendung noch im letzten Augenblick hinzufügen und dem Abgrundssturz in jäher Wachheit zu entgehn. Ich will, dass Meine Leute den erhab'nen Zeitpunkt nicht verschlafen, wo sie mit Namen und Geburt zum Handeln an sich selber aufgerufen werden und zum echten Weitergehn, heraus aus ihrem steten Querulieren.

Ich reize, wo es reizvoll ist, das allzusehr Geschniegelte zu ritzen und seine Brauchbarkeit zu fördern für's Normalbesonnene, Bescheidene und Seins-Vernünftige im Lauf der Welt und des Betriebs, den es sich anerzogen.

Stümpertum ist zu vermeiden, ebenso wie blankes Resümieren der Gelegenheit, mit dem Naiven ein berückend Spiel zu treiben und ihn über's Ohr zu hauen in bewusster Scharlatanerie. Ich überfordre niemand und verletze nicht, wo es gegeben ist zu lieben und den Lebensdingen Charme und Wohllaut zu verleihen. Hofrat halt Ich bei Mir selber, wenn es gilt, den richtungweisenden und weisen Zug zu tun, der sich an die von Mir gesetzte Regel hält und Vollbewusstheit, wie Getragenheit und ehrenvolle Absicht lässt vermuten.

Ich klinke aus, wenn eine Höh erreicht ist, die ganz Meinem Naturell entspricht und fliege weder unter Meinem Standart, noch darüber vor Mich hin in wissentlich gefördertem Vermeiden der Gefahren, die da lauern im Zuwenig und Zuviel, in Unlust oder Raserei, in Angst, Verwegenheit und wie sie alle heissen an verführerischen Spezialitäten in des Lebenslaufs Juhee.

Niemand hindert Mich, zum Exquisiten ja zu sagen, das im Schweiss des Nackens und der Stirn errungen werden will in eh so zierlichem Gedulden, wie im Ruhm des Genialen, das gefordert ist im seinswahrhaftigen Vorwärtsströmen. Du bist nicht irgendwer, weil deines Namens Schnörkel sind schönschriftig und gewandt ins Buch der Weisheit eingetragen, wo sie dich belehren, Übermenschliches zu leisten und der Gottheit Pfründe liebevoll und tapfer zu erstehn. Nicht umsonst sollst du geboren sein und sollst, eh du das Weite wieder suchst, ein ehrbar und gediegen Werk vollbringen an der menschlichen Natur, dem Rat der Götter und der Seinsvernunft gemäss, die überall im wachenden Gemüt rumoren.

Dann wird es dir zuzeiten wie Musik des Himmels in die hochgestellten Ohren klingen und du wirst dich deiner selbst bewusst in neuem Sinn am Dasein freuen und dem Ewigen in dir die Referenz erweisen, die ihm unbedingt gebührt und die dem wackeren Gemüt Glückseligkeit verleiht im Trauen und Erschauen, Stigmata bluten sehn und heiliger Ehrfurcht Wunden in das Götterreich zu tragen, als erschütterndes Symbol des Kämpfens und des Siegens in des Ewigen berückendem Belohnen.

7.13
Ich schwimme auf dem Seelenglück, das Mir geschieht in vollen runden Zügen, weil sich nichts Besseres ereignen kann, als dass Ich Mich in der Erkenntnis Meines Seins befinde, hier und dort und überall in der Geschichte Meines Daseins. Grand Cru will Ich nennen, was in Fruchtigkeit dem Edelsten nicht nachsteht, was Ich so freudestrahlenden Gesichts wie einen silberglänzenden

Pokal geniesse, den Ich dem Siegen über Mich verdanke auf der gottgefälligen Spur.

Eine solche Fülle findet man nicht in den Büchern, noch in der fein gegliederten Struktur der Argumente, die die Philosophen sich zurechtgelegt, um ihren Weltkreis schlüssig zu begründen. Denn in dem Denkraum, den sie sich fidel zurechtgelegt, gesellt sich jeder Antwort eine Meute neuer Fragen zu, die weder Ruh, noch Ruhm, noch echte Herzensfreude bringen.

Ich aber Bin in allem, was da Ist, das allererste Lächeln und das selige Empfinden einer Wirklichkeit, die, losgelöst von jedem Aufwall der Vergänglichkeit, in sich besteht in zeitenloser Grazie und lichterfülltem Geistesleben.

Auf der Himmelsweide, die Ich vor Mir seh, herrscht ewiger Frieden, derweil die Lämmerherden der Holdseligkeit und Wonne grasend und genügsam sich in ihrem Wesensein auf's Trefflichste begreifen. Nicht abzusehn sind Meiner Weiden bis ins Unermessliche gezogenen Gefilde reiner Ebenmässigkeit, die Harmonie, Entzücken und Beseligung verbreiten.

Ich rechte nicht um Nichtigkeiten, die in kleinlichem Kalkül als gross herausgestellt und voller Stolz herumgeboten werden. Mein Werk ist Wahrheit, Seriosität und sinngelad'ne Poesie in einer Dichte ohnegleichen, die von keiner Dichtung menschlicher Provenienz gesalbt und überboten werden kann. Nicht der geringste Mangel hängt Mir an und belastet Mein Gewissen durch die böse Absicht, Mich von der Fülle fernzuhalten, die in Meinem Sinn seit eh und je besteht und Freude, Selbstbewusstheit, Glorie und Sanftmut generiert.

Ich habe Mich begriffen, wie nur Kinder in der Unschuldswelt, in der sie leben, sich begreifen können, frei von jeder Tücke und begeistert auf

Entdeckungsreisen um sich her. Wo's geschlagen hat, kann eben nur Ich selbst in Meiner herrlich ausgeformten Weisheit wissen, wo nur eines richtig ist und als Erkenntnis vor Mir aufblüht, wie die weisse Orchidee. Meinem Ratschluss kann Ich füglich und fidel vertrauen, denn er ist der Einzige, der sich als wahrhaft klug erweist und sich damit auch Geltung und Gewicht, Gehorsam und Gehör verschaffen kann.

In diesem Sinnkreis werde Ich für Zeit und Ewigkeiten Meiner Werte froh und darf Mir selbst den Preis der Tüchtigkeit und Überlegenheit verleihen. Ich richte auf, wo andere das Köpfchen sinken lassen und stehe stramm, wo noch so viele sich verflattern und verdattern, einschüchtern und enttäuschen lassen. Mein Meiden ist der Auswahl götterwürdige Gebärde und Mein Mich-Bewegen allweit, eine wahre Pracht an Grazie, verspieltem Gleichmut und bemerkenswerter Redlichkeit im Sternenrauschen.

Das ist es, was das Glückseligsein begründet, dem Ich innewohne und das beständig von Mir ausgeht in bewundernswertem Mich-Verströmen. Sein ist Sagenhaftigkeit und Synergie, Trautheit in Person und ewiges Sich-selbst-Beglücken und Entzücken auf der Lebensliebe lichter Spur.

7.14
Wenn schon, dann schon", heisst die gängige Parole, die dem Schlendrian Paroli bietet und den Einsatz deiner Kräfte bis zum Sieg betont, bekräftigt und schlussends belohnt.

Schicke dich ins Unvermeidliche mit Anstand, hoch erhobnem Haupt und mit der Grazie des Wissens um dein überweltlich angelegtes Sein, in dem sich alle noch so garstigen Dinge feierlich und friedevoll erlösen und endlich ins Unendliche vertun.

Du glaubst gar nicht, wie anders sich dir deines Daseins Üppigkeit und Schnellkraft präsentiert, wenn du des Seins Gebärde als gegeben und befruchtend in dir spürst und damit als Geweihter und Befreiter dastehst in des Lebens Sinnspiel und Gehaben.

Nichts verdrängen, aber alles an den Zuspruch hängen, den Ich dir in väterlicher Abergläubigkeit und Toleranz gewähre. Denn es ist gesagt, dass Meinem Wortschwall überird'sche Kräfte innewohnen, die, in jedwelche Lebensszene eingebracht, in wunderbarer Weise segnend und befördernd wirken.

Glaube an dein Recht, vollkommen unbekümmert und galant in deines Daseins Turbulenzen stehn zu können, allvertrauend auf Mein Regelwerk und Meine richtungweisende Struktur im Weltenlauf von Gottes Liebreiz, Sinn und Gnaden. Bedenke deines Seins Errungenschaft, die dich in Mir als sakrosankt und ewig unverwundbar präsentiert in allen noch so aussichtslos verzwickten Lagen. Denn schlussendlich ist allein der Ausgang der Geschichte wesentlich bestimmend für dein siebenseliges Weitergehn.

Deine Strümpfe sind wie Trümpfe, die das Bodenständige in dir dezent betonen und den Sockel bilden, auf dessen wonnesames Sichersein du dich auf's Unbedingteste verlassen kannst, in Meinen Sinn und Geist hinaufgehoben.

Eine Trillerpfeife habe stets bei dir, um jedwelchen Unmuts Angebind gehörig zu vertreiben, denn die Geister der Verlegenheit und des berühmten Zähneklapperns reagieren scharf auf Schrilles und verziehn sich augenblicklich, wenn du ihnen frank und frei und resolut und tapfer, als in Meiner

Resonanz, entgegentrittst und ihnen keine Chance lässest, dich zu hintergehn.

Sieh dich als von Mir gesponsert und getragen immerzu, denn deines Lebens Agens und Allheil befrieden und begleiten dich allüberall in wonnevollen Zügen. Charisma und Beseeltheit sind von Mir und sind der Ursprung deines Wallens und Gefallens, deiner Fieberträume, Schäume und Verluste ebenso, wie deines Auferstehns, geläutert und gestärkt aus ihnen, freudevoll und wunderbar.

Also kreide dich und Mich nicht an, weil schliesslich alles, was Ich unternehme einem Ende der Beschaulichkeit und Süsse stracks entgegengeht, wenn du nur achtsam bist, auf was Ich dir empfehle. Sei du der Überzeugung Vorbild, dass es dich und deinesgleichen ohne Mich nicht geben kann und dass von diesem Grundgesetz noch jede Überlegung dahin gehen muss, dass alles in der Spanne, Würde und erhabenen Geschicklichkeit von Meinem Schrot und Korn geschieht und niemals jemand fähig ist, den Ausritt Meiner Fabelhaftigkeit zu unterbinden. Was Ich nicht lasse, zeugt Gelassenheit im Guten und was Ich lasse zeugt sie ebenso, womit dir die Gewähr erwächst, dich unter Meinem Schwingenpaar gesichert und getrost im Ewig-Grünen zu ergehn, seinsbewusst und wunderbar.

7.15
Höchster Schöne darf Ich Mich vereinen im Erkennen, dass Ich ihrer Lauterkeit Gebilde und Gefährte Bin in unerschöpflich gloriosem Überragen.

Mittellos, wie Ich Mich fühlte, darf Ich nun den vollen Reichtum sehn, der Meinen Gleichmut, Meine Heiterkeit und Virulenz, wie alle Seligkeit des

Herzens und den Leicht-Sinn Mir begründet, der sich nur im reinen Sein dem so Begnadet- und Beschenkten offenbart.

Glanz des Himmels, Einheit aller Wesen darf Ich schauen, nobler Geister Handwerk und der Cherubime vollbewusste Schar. Allem, was sie sind und was Ich Bin im Sein vom selben Sein, darf Ich im Allerinnersten vertrauen, im Strahlenlicht der Wahrheit und im Ruhm des ewigen Lebens, der sich über alles breitet, was hier Ist und was den Wesen Seelensicherheit, Begeisterung und Wonnesein bereitet. Ich empfange, was Ich eh schon weiss, die Güte der All-Herrlichkeit, in der Ich lächelnd wese und vertiefe Mich ins Freudenreich unnennbar sanfter Gnaden, die den Reigen der Begünstigungen zu vollkommner Grazie geruhn zu stilisieren.

So Bin Ich Mir der ewige Einstand und das wundertätige Vollenden aller Motivationen, die sich da zur Schöpfung und Bedeutsamkeit erheben. Reinen Trachtens inne, trachte Ich schlussendlich nach dem namenlosen Frieden, den die Weiselosigkeit vergibt und dessen wonnesam geläufiges Arom Ich unvermittelbar geniesse als gegeben und erfüllt, beseligend, wahrhaftig und dem ewigen Glückseligsein ergeben.

Grüssend dich von ännet deinen Bergen, Bin Ich dir der Gegenstand der Sinnkraft, Lauterkeit und Seelenharmonie, die sich auf's Trefflichste in Meines Weltalls Vorbild fügen. Ich rechte nicht um das Begreifen dessen, was Ich Mir geworden bin, weil dein Verständnis keine Macht besitzt, besass und in dir sitzen haben wird, eh es sich Meinem anglich und vereinte in geheimnisvollen Liebesschauern und zutiefst verschworenem Gehaben.

Bänkelsänger Gottes sollst du werden, Meine feste Burg umschleichend, sehnenden Gesanges voll, solang, bis Ich dich hoch im Söller Meiner Herrschaft gütig, offenherzig, lieb und weltgetreu erhöre.

Ich zerschlage alle deine Argumente, bis du einsiehst, dass es nur das Eine gibt und das ist Meines, unbedingt, gebieterisch, seinsgenial und wahr. Du Bist, indem Ich deiner Stätte Fürsprech, Kapital und Kennwort bin, Garant und Glorie, Gediegenheit und Wohlfahrt offenbar. Demgemäss ist es geziemend für dich, Dank zu spenden, seeleninnig, herzensfroh an den Gewährer aller guten Gaben, der Ich Bin und der Ich Bin in dir, als in der Gruft des Lebens ausgesetzt, im Hin und Wider der Geschichte deiner siebensüssen Seins-Schablonen.

Gefällt es dir, dir Mein Gefallen zu erringen, lass Ich dich in Meiner Ränge rigorosem Aufwall eine Stufe höher steigen, fordernd auf ihr dein Bewähren. Malachit der guten Ordnung sollst du sein in wohlgemessnen Zügen, sollst in Meinen Sinnkreis gehen ein, nach des Herren Weisheit und Verfügen. Brande du, ein stürmisch Meer, dem Meinen unentwegt entgegen und ermanne dich dazu, vollends in Mich, als in das Sein vom Sein, dich zu ergeben. Ich grüsse dich von Zion aus in deinem An-Mir-Hangen und lade dich und bade dich zum wunderbar gesellig angelegten, exquisiten Göttermahl.

7.16
Ich Bin das Sein mit allen seinen Liebesgaben, Geschenk des Himmels, gross und klein in fürstlichem Vergaben. Ich traue Mir, das sag Ich dir, in makellosen Zügen, dem Sinnspruch, der ergeht von hier, vollkommen zu genügen. In deine Nacht, ums Sein gebracht, will Ich in zärtlichem Befehlen,

Mich längelang und breitebreit, voll Mitgefühl und Inbrunst stehlen. Ich weiss, Ich weiss, auf Mein Geheiss, muss alles sich an allen Enden, gewahrt, bewahrt und blütenzart in Seligkeit vollenden.

7.17
Für alles, was es gibt, muss Ich Mir sogenannte Helfer ins Gewissen schreiben. Denn, was Meinem Sinn entsprungen, muss gefördert und gehegt, errichtet und gerichtet werden, dass es im Reich der Illusionen Meiner würdig dasteht und Geschichte macht, statt nur Geschichten.

Ich trage Mich dir an, indem Ich Mein Gedankengut im Sternenreich zu jenen Meistern, Geistern trage, die dem allgemeinen Wohl am meisten dienlich sind in ihrer Fähigkeit, des Welten-schöpfens Glorie in Meinem Dienste soweit zu verbreiten, bis sie auch im menschlichen Bereich ihr Echo findet, ihren Rückhalt und ihr Streben.

Dabei ist alles Meiner Würdige ein sich Verkreisen um den Himmelspol, ein Ausgerichtetsein auf was Ich Bin in Meinem Mich-all-überall-Begründen. Es muss gesagt sein, dass in Tat und Wahrheit nur was Ist auch wirklich existiert und alles andere ist Schall und Rauch, ein Nichts - und nimmer für das Ewige zu brauchen.

Verwandlung heisst darum die gängige Parole, Aufstieg aus der Nichtigkeit der erdenbrausenden Gedanken zum Seinsgewissen, das Ich Bin und das du Bist in deiner Wahrheit, deiner Rigorosität und deinem wachen Selbstgefühl.

Tod dem Nichts und Auferstehn ins Sein soll sich in dir und deinesgleichen bilden. Illusion sei winzig klein - und Wirklichkeit des Seins allmächtig gross in dein Bewusstsein eingeschrieben: flüchtig - nichtig, ewig - ist wahrhaftig und gediegen.

Ich Bin, sollst du dir tausendmal am Tag erklären. Ich Bin das Sein, sei deines Heilsrufs Unterfangen und Verlangen immerzu. Geduld, Gehorsam, Güte und gerechtes Handeln sind vonnöten, um dahin zu kommen, wo das Seinslicht aufblitzt und dem Wunder der Erlösung Gastrecht, Wiegenwärme und Willkomm bereitet in den Gründen deines Seelenseins, zutiefst beglückend, liebevoll und sonnenklar.

7.18
Den Regungen gemäss in Meiner Hoheit Innesein erkläre Ich Mir, was die Welt bewegt und was sie mittendurch erschüttert, transformiert und ruhigstellt in ihrem richtungweisenden Befinden.
   Ich trachte nach Erhöhn an allen Ecken und Enden und lasse übergreifend Meiner Kräfte Siegeszug durch alle Lande fluten.
   In Meinen, durch die Zeiten angehäuften Resten, such Ich nach Brauchbarkeiten her und hin und suche füglich nur mehr nach dem Allerbesten, das Ich in ihnen offensichtlich Bin. Ich werde klüger durch die Klugheit der Äonen, die auf Mir lasten, unbarmherzig, zentnerschwer und überwerfe Mich mit ihnen gleich den Meereswogen, im Betonen, wie gelöst und heiter Ich in ihnen walle her und hin. Nun zurück zu Meinem Mich-Erfinden in der Büsserschaft des Selbstbetrugs und Meinem Mich-behend-Dazwischenwinden, mit den Gefälligkeiten eines meisterlichen Zugs. Wie hab Ich Mich in eine Zeit geboren von unerhört dynamischer Manier und habe seelenruhig Mich dazu erkoren, ihr Meinen Stempel aufzuprägen im Allhier.
   Ich reiss Mich hoch an eignen Haaren und reite übermütig durch Gestrüpp und Frost und schenke Mir unendliches Bewahren in Glückesfülle heiter, frei, getrost. Ich türme auf und reisse lustig nieder,

was Ich Mir spielerisch erschuf und folge treu und ungestüm dem liebelichten Ruf, der Mich wie nichts zum Ewigen betört.

7.19
Beratender Ausschuss und Sinnstifter Bin Ich alleweil und ohne Pardon, wenn es darum geht, den Herzensfrieden, der zu kippen drohte, wieder herzustellen, um aus der kleinen Flamme des Malheurs, statt eine grössere, gar keine mehr zurückzulassen hinter Mir.

Kannst du begreifen, was es heisst, die Macht der Liebe zu besitzen, die regelt, statt bestraft und die selbst noch, wo grösster Unmut angemessen wäre, liebevoll und zärtlich handelt, unparteiisch, weich und makellos.

Was sind denn all die Leiden und Erschütterungen, Ungerechtigkeiten und Traktate, die die Menschen auszuhalten haben? In früheren Leben selbstverschuldete Frakturen, sowie gnadenvolle Schicksalsfügungen, die das Erlangen eines höheren Bewusstseins fördern, wie auch Andacht, Sitte, Gottesfurcht und schliesslich seins-bewusstes Streben nach dem Wahren, Wirklichen, das im Geistreich sein Begründen findet, als ein gütestrahlendes Idol.

Gehst du auf Glitschigem, ist ganz besondre Vorsicht dir geboten, dass dein Gleichgewicht nicht ausser Rand und Band gerät und du dem Fall verfallen bist ins Ungemütliche.

Sich versammeln heisst bei Mir nicht, seine Zeit mit fadenscheinigem Geschwätz vergammeln, sondern lebenförderndes Erfahren, Tauschen und die Weltennot Erlauschen, um sie dann nach Kräften zu vermindern und verhindern in der Tage Lauf und Strömen.

Von wo Ich Bin, stösst sich das Seinslebendige in eine äusserst phantasievoll aufgebaute Illusion, an welcher sich schon Myriaden ihre wackeligen Zähne ausgebissen haben. Hast du hingegen durch Belehrenlassen, Feingefühl und langgedehntes Überlegen - des geläufigen Gehabens Trauerspiel durchschaut, gerätst du in die Lage, Mich in dir und aller Welt auf's Akkurateste und Förderlichste zu begreifen und damit Seinsgefühl und Unbekümmertheit zu wecken in der Lebensweisheit Grossmanier.

Bunt sollst du es treiben in der Weise Meiner himmelstürmenden Magie des Andersartigen, die Ich so vehement und penetrant verkünde, in der Hoffnung auf Genesen eines Weltenlaufs von Tücke, Trachten nach Besitztum und Erfolg im Bannkreis zeitlichen Vergnügens, Ungenügens, Rebellierens und Verzögerns eines resoluten Aufstiegs ins Allgöttliche, das Ich so warm und innig in dir propagiere.

Treibst du es zu bunt, muss Ich geradezu am Einhaltsbändel ziehn und dich zum rechten Wege wieder weisen, wo Vernunft und Sitte, brüderliches Teilen und schlussendlich Seinsglückseligkeit und Seelenfrieden herrschen. So geht vonstatten, was Ich meine, wo die Seele sich ermannt, Mir zu gehorchen und sich dem lieblichen Geflüster zuzuwenden, das sich in der Stille des Gemüts dem Seher offenbart und ihm im Glück der Stunde den Ritterschlag verleiht, der allen zukommt, die sich durchs Gestrüpp der Tage zu den Auserwählten durchgeschlagen haben.

Kommst du, kann Ich dir die Wunder zeigen, die an deinem Wege aufblühn ins unendliche Genesen und endlich wirst du sein ein Kapitän allherrlichen und schlanken Navigierens durch die Stürme der Geschichte und vorbei an Riffen, trügerischen

Tiefen und verführerischen Lustbarkeiten, stracks in Meine Seinsgewissensgründe und Erhabenheiten. Dort wirst du zum Angelpunkt der Welt und wesest in Gemeinschaft mit den grössten Geistern, die ihr Ziel und ihren Zweck schon längst gefunden haben. Das Ereignis deiner Wohlfahrt hebt zu wirken an und die Bewusstheit deines Seins ist deiner Menschengöttlichkeit Bravour und Wonne in der Lichtheit wundervoller Geistessphären.

Ludwig Weibel, geboren 1933
Lebt in CH-9200 Gossau/St.Gallen
Studienabschluss als Fernmeldetechniker
Schriftstellerische Berufung zur
"Philosophie des Seins" für vife Geister.
Erstellt elegante Graphiken mit einem
Pendel-Apparat. (Siehe Buchumschlag)
Homepage: www.das-sein.ch